장서영  의 다이어리

사는 곳: 일본 도쿄의 이노카시라공원 근처 작은 마을

취미: 요즘은 털실이랑 뜨개질에 빠져 있다!

특기: 일상 또는 여행지에서의 기억을 트래블러스 노트에 기록하기

좋아하는 장소: 익숙한, 혹은 처음 가보는 킷사텐

꿈: 언젠가는 고즈넉하고 여유로운 털실 가게 사장님이 되고 싶다

내일도 잘 부탁해, 도쿄!

내일도 잘 부탁해, 도쿄!

도쿄 새내기의 우당탕탕 사계절 그림일기

글·그림
장서영

차례

봄

여름

프롤로그

일기 쓴 사람 소개

< 충격적인 (?) 사실 >
: 땋은 머리는
한 번도 안 해봄.
올해는 머리를
길러서 땋는 게
목표이다~!

TOKYO ⇒ KOBE

도쿄에서 4년 정도 살았고,
지금은 고베에서
지내고 있어요.

그전엔 계속
한국에서
살았어요.

새로운 장소는
좋아하는데
새로운 사람을
사귀는 건
어렵다0.0

혼자서 하는
활동을 좋아한다.

3년차 직장인
전공이 디자인이었고
직업도 디자인입니다.
정확히 말하면
그래픽 디자인

일기는 초등학생
시절부터 계속 썼다.
지금 생각해보면
일기를 쓰는 것 보다는
귀여운 '일기장'을
사는 걸 좋아했던 것 같다.
→ 지금도 살짝 그렇다 ☺

나중에 읽으면 부끄러운
내용이 절반 이상일 테지만
그 순간에 느꼈던 감정이나
기억하고 싶은 조각들을
내가 좋아하는 방식으로 기록해
두는 걸 좋아한다.

그림으로 그려두거나,
스크랩북을 만들거나,
글로 적어두거나 ♫

일기장에 적는 것

- 오늘 있었던 사건
  - ex) 먹은 것, 다녀온 곳, 만난 사람 등등..
- 사건에 대해 느낀 감정, 앞으로의 다짐
- 나중에 책장에서 꺼내보고 싶은 기억들
  - ex) 맛있게 먹은 음식을 그림으로 그려두면 맛은 당연하고 그걸 먹었을 때의 감정이나 주변의 분위기도 기억난다.

좋아하는 일기장

일기를 적는 데에 제약이 적은 일기장이 좋다. 칸이 없는 플레인 노트를 많이 쓴다.

ex) 트래블러스 노트 (수채화용지 리필)

저에 대해서 몇 자 적어보았습니다.
아무쪼록 재미있게 읽어주세요♡

좋아하는 공간은
집, 카페, 킷사텐,
자연이 많은 곳,
내가 생활하는 곳에서
멀-리 떨어진 어딘가

킷사텐이란?

한자로 쓰면 끽다점 喫茶店
차를 마시는 공간이라는 뜻.
카페랑 비슷한듯하지만 킷사텐이
조금 더 레트로한 분위기이고
실제로 오래된 곳이 많다.

커피는 물론 케이크, 푸딩 등의 디저트나
오므라이스, 나폴리탄 스파게티 같은
경양식을 팔기도 한다.

여행 갈 때에는
숙소만 잡아두고
나머지는 그날의
기분에 맡기는 걸
좋아한다.

우연히 발견한 맛집,
지나가다 본 멋진 풍경..

...계획하는 걸 좋아하지만
계획에 휘둘리고 싶진 않아...!

여행지에서 모은
영수증이나 팸플릿을
모으는 취미가 있다.
이걸로 스크랩북까지
만들어 두는 게 진짜
여행의 끝☆

최근 빠져있는 건 뜨개질!
지금까지 스웨터, 양말,
블랭킷 등을 만들었다.
털실을 고르는 순간
부터 마무리로 실을
정리할 때까지 즐겁다

10년 뒤의 크리스마스에는
귀여운 스웨터 정도는
뚝딱 만들 줄 아는
경지에 오르고 싶다.

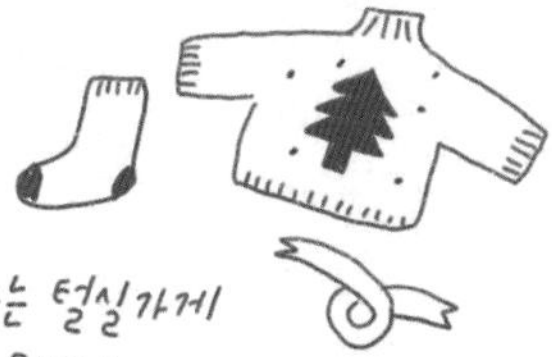

언젠가는 털실가게
사장이 되고싶다.
언젠가는...

기승전 털실로 끝나버린
일기 쓴 사람 소개
끝-!!

일기에 도움을 주신 분들

가족

내가 일본에 오고 나서 4년넘게 매일매일 사랑이(시츄/17세) 사랑이 사진을 보내주신다.

멀리서 항상 챙겨주는 가족들

학생시절 친구들

고등학교도, 입시미술학원도 함께...

집도 다들 가까워서 평일 주말 안 가리고 참 자주도 만났다. 멀리서도 항상 챙겨주는 친구들. 다들 너무 다른데 비슷해서 신기하다.

대학교 친구들

4년동안 같이 밤새서 과제도 같이 하고, 술도 많이 마시고, 망나니짓도 많이 했다. 지금은 서로 비슷한 직종에서 일하면서 서로 고민도 털어놓고 이해해주는 어른이 되었다.

편집자님

아직 영상통화로밖에 못 만나뵈었지만 거의 일년 동안 메일을 주고받으면서 감사할일이 많이 생겼다.

바쁘신 와중에도 신경 써주시고 좋은 말씀도 많이 해주신다.

목소리도 유리 구슬 같으심...

숏컷이 정말 잘 어울리신다. 그리고 아기같은 외모를 소유하고 계신다.. So cute...

이름을 전부 밝히진 않지만
'어 이거 혹시 나인가?' 싶은
생각이 드신다면, 그 추측이 맞습니다!

일본에서 만난 친구들

다들 우연히 만났다.
그동안 대학생에서 어엿한 직장인이 된 친구도 있고, 가정을 꾸린 친구도 있다.
각자의 자리에서 정성스런 매일을 지내는 친구들을 보면 나도 힘이 난다.

회사동료

팍팍한 사회생활 속에서 만난 소중한 인연들. 생각나는 얼굴이 많다.
점심시간에 같이 뜨개질도 하고 퇴근하고나서 커피도 마시러 가고~
타국에서 다닌 첫 회사에서 좋은 분들을 많이 만났다.

아츠시 씨

내가 자주 가던 킷사텐인 소레이유에서 마주쳤던 아츠시.
같은날 동시에 서로 첫눈에 반했다.
블렌드 커피가 이어준 인연이랄까..

- 동갑인데 나보다 몇달 늦게 태어남
- 평범한 회사원
- 요즘의 즐거움은 슬램덩크 몰아보기

생각이 많은 나랑은 정반대로 단순해서 옆에서 보고 있으면 그저 웃긴다.
내 인생 첫 남자친구!!
곧 결혼을 앞두고 있다.
앞으로도 사이좋게 지냅시다~♫

좋은 인간관계 속에서 이런 사람들을 알고 지낸다는 건 나한테 크나큰 행운이다.
오늘도 모두모두 고생 많았고 내일도 잘 부탁합니다~

가방 속의

마음만 먹으면 어디든 들고 나가서 그림을 그릴 수 있는 도구들을 소개합니다.

굵은 샤프심!

OHTO 샤프펜슬 2mm

연필 같기도 하고 샤프 같기도 한 신기한 녀석! 심이 꽤나 굵어서 밑그림을 그릴 때 자주 사용하고 있어요 ☺ 심이 닳으면 샤프심을 교체하면 되니 연필깎이를 따로 들고 다닐 필요가 없답니다!

STAEDTLER 피그먼트 라이너

글자부터 그림까지 폭넓게 사용할 수 있는 펜입니다. 내수성이 있는 잉크를 사용해서 이 펜으로 그린 그림 위에 수채화 물감을 칠해도 번지지 않아요!!

굵기가 다양하니 용도에 따라 펜촉의 굵기를 골라봅시다♬

가죽커버에 끼워서 휴대!

TRAVELER'S NOTE 27번 수채화용지 리필

수채화에 적합한 튼튼한 종이예요! 물감을 아무리 칠해도 종이가 찢기거나 뒷면에 비치는 일이 거의 없어요. 휴대하기 좋은 사이즈랍니다

그림도구

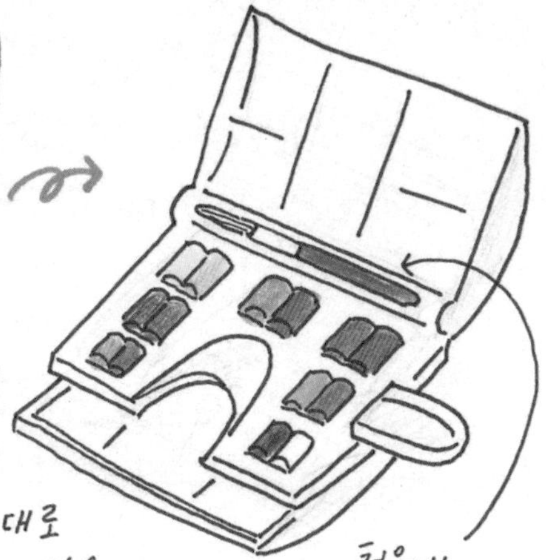

WINSOR & NEWTON
고체물감 14색

손바닥만 하지만 갖출 건 제대로 갖춘 물감입니다 ☺ 평소에 작은 그림을 그리거나 야외에서 그릴 일이 많으신 분들께 추천합니다!

처음에 들어있던 작은 붓. 잘 안 써서 방치중..

여기에 물을 채워요

Pentel
워터브러시

붓대 안에 물을 넣고, 살짝 힘을 줘서 쥐면 붓모에 물이 고이는 도구입니다. 물통이 필요없어서 정말 편하답니다.

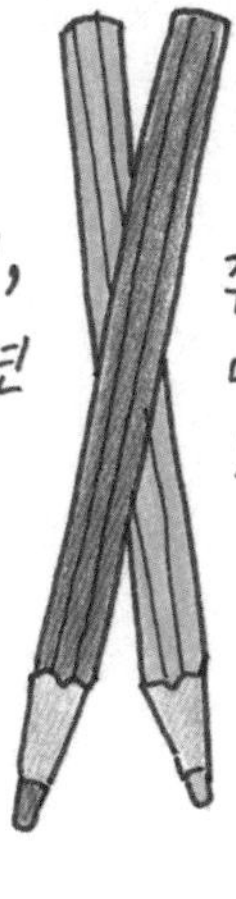

FABER CASTELL
색연필 24색

주로 수채화 그림의 마무리 단계에 쓰고 있습니다. 붓으로 표현 못했던 세세한 것들을 그려주거나 하는 식으로요 ☺

좋아하는 공간에서 좋아하는 걸 그려봅시다~

주관적인

3월 벚꽃 굿즈는 물론, 마트의 과자 패키지도 전부 벚꽃 한정으로 변신~! 편의점에서 봄 한정 벚꽃맛 푸딩, 떡 같은 간식을 발매하기도 한다. 맛은 내 취향 아니었지만 구경은 재밌다

4~5월 new! new!

입학식, 회사의 신입 사원 채용시기, 이사 시기, 적응해 나가는 4월. 5월 초에는 골든위크라는 긴 연휴가 있다. 연차를 잘 쓰면 일주일 넘게 쉴 수도 있는 황금연휴✧

봄

9월 아직 여름의 더위가 남아있다. 9월 중에서 가을 옷을 꺼내 입을 타이밍은 얼마 없지만 아침 저녁으로 선선하다.

가을

10월-11월 드디어 조~금 쌀쌀해진다. 내 옷장처럼 나무들도 가을색으로 물드는 시기. 계절을 타는 나는 이 때 살짝 울적해지기도 한다. 밖에 나가면 핼러윈 한정 굿즈들이 잔뜩인데 이걸 보면 기분이 조금 즐거워진다.

니트의 계절!

따뜻한 털실로 뜨개질 하기 좋은 날들♫

365일

6월 한달 내내 습기와
비, 흐림,
이게 끝나고 나면 본격적으로
더워질 거 단단히 각오 해야 된다.
길가에 피어 있는 수국이 참 예쁘다.
6월은 장마와 수국이다.

7월 ~ 8월 얼음 가득 넣은 보리차,
매미 소리, 매실절임,
반팔 한 장 입고 먹는
냉 소바, 싸구려
딸기맛 시럽 빙수,
여름 축제, 불꽃놀이,
핑크빛 노을, 바닷가..

여름에 즐길 건 너무 많고
더운건 한순간이다.
겨울에 지난여름을 추억할 수 있게
땀 흘리며 즐겨둘 것.

여름

겨울

12월 내가
일년 중에서
제—일
좋아하는 이벤트인
크리스마스가 있다는
것만으로도 기다려지는 12월.
연말 분위기, 차가운 밤 공기,
캐럴송이 들려오는 거리.
아~ 빨리 크리스마스가
왔으면 좋겠다..♡

1월 - 2월

새해 다짐을
하긴 하는데
너무 추워서 도저히
움직일 수가 없다. 한국의
한파에 비할 바가 아니지만..
새로운 일기장을 꺼내는 시기이기도 하다.
새로운 일기장, 새로운 마음

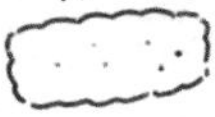

가보고 싶은 섬

오키나와

오키나와에 관광 다녀오신 지인분께서 '칭스코' 라는 오키나와 과자를 가져다주시곤 했다.

작고 한적한 항구도시

☆ 고베 ☆

일기에 가끔 등장하는 아츠시 씨의 고향이다.
앞에는 바다, 뒤에는 산이다.
심심하면 낚시를 하고 답답하면 산을 오를 수 있다.

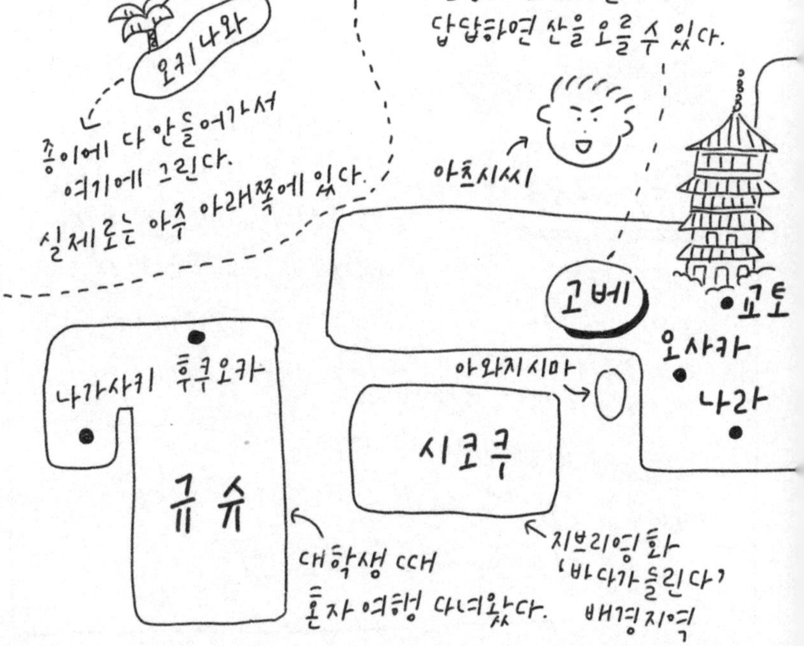

\언젠간 가겠지/
홋카이도
'홋카이도산'
음식은 왠지
신선하고 맛있는 이미지.
마트에 갔을 때
특산물로는 많이 만나
보았다.
나에겐 아직
미개척지인
북쪽 지방.
아오모리
야마가타
도쿄에 살면서 특히
좋아하는 동네는
니시오기쿠보.
좋은 친구도 여기서 만났고,
좋은 것도 많이 보고 먹었다.
친구들이 도쿄에 놀러 오면
꼭 소개시켜주는 동네.
시라카와고
하쿠바
Tokyo Tower
그냥 빨간 전파탑인데
지나갈 때마다
사진으로 꼭꼭 남겨두게 되는
도쿄타워
도쿄
후지산
실제로 봤을 때
너무 커서
깜짝 놀랐다!
N
W
E
S

가을

9월

autumn at
소레이유
そ れ い ゆ

카보차 파이

아마도
내가
소레이유에서
제일 많이 주문한 메뉴.
사장님이 매일 직접 반죽하시고,
정성스럽게 구워주시는
단호박 파이♡
알바생들 사이에서
'누님(오네에상)'이라고 불림

소레이유 사장님 '누님'

어서오세요옹~

생크림이 어마어마!

아몬드

커피젤리

가을 한정 메뉴는
아니지만, 이걸
처음 먹은게 가을이라
그려본다 ☺
쌉쌀하고 찰랑찰랑한
커피맛 젤리 위에
달콤한 생크림이
잘 어울린다~♬

どんぐり舎

동구리야

동구리 → 도토리 라는 뜻이다

평소처럼 할아버지가 물을 가져다주시고 주문을 받으시면 할머니가 커피를 내려주신다.

쌉싸름한 블렌드 커피

잼 토스트

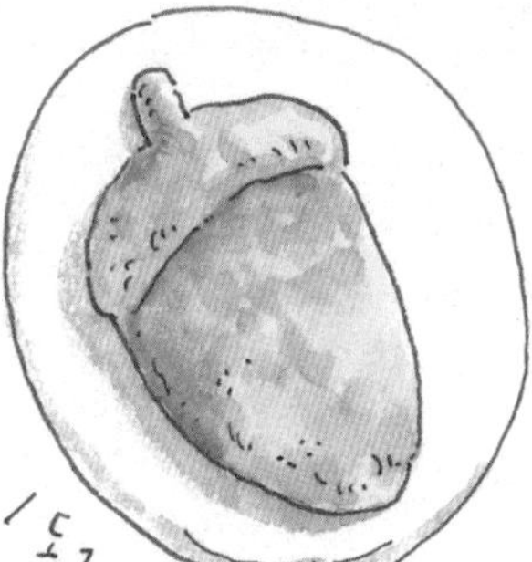

동구리 쿠키

아이스 커피

퇴근길에
직장 동료 스짱과
시부야 마크시티
지하상가를 구경
하는데, 그녀가
갑자기 버터푸딩을
선물해줬다 -!!
스짱이 제일
좋아하는 거라며
한번 먹어보라는데
너무 고마웠다.
잘 먹겠
습니다!

Satur day!

날씨가 너무너무
산뜻하고 좋았다!

버터푸딩 사건 이후로
스짱이랑 엄청 친해져서
주말에도 둘이서 하타가야에
다녀오기로! 직장동료랑
이렇게 친해진 거 처음이다♡

\야—호!/

주말이라 신난 직장인들

하타가야 → 요요기 하치만구 → 기치조지

- 패들러즈 커피
- 365日 빵가게
- 요요기 공원
- 유리아 페무페루

하타가야에서 제일 좋아하는 패들러즈커피에서 아이스라테~!

365日의 호두빵 →

요요기공원에서 산책도 하고 ~~

유리아페무페루

나의 Pick

바질치킨샌드위치

스짱의 Pick

베이컨 버섯 크림 파스타

\ Knitting /

뜨개질 과몰입 days

\ with 스짱 /

왜인지 아직까지 반팔. 항상 해맑아서 좋다♬

아직 추워질 때까지 조금 기다려야 하지만 든든한 겨울을 위해서 뜨개질을 시작했다~!!

모노즈키

모노즈키에서 같이 토스트 먹다가 뜨개질 얘기가 나와서 급하게 기치조지의 「유자와야」로 출동! 털실이랑 코바늘 구경하러 총총...

\ 계란 토스트 / \ 비엔나커피 /

뜨개질에 필요한 것들

털실 1볼
연습용으로 저렴한 거

뜨개바늘
용도에 따라서 대바늘이나 코바늘을 적당히 고르기

ユサワヤ

~ 유자와야 ~

사실 2년 전에 코바늘 뜨개를 도전했다가 일주일 만에 관두는 바람에.. 집에 코바늘이랑 뜨개기초책이 뒹굴거린다. 난 일단 털실만 사고 스짱은 코바늘이랑 털실 둘 다 구입!

그야말로 밥먹고 일하고 뜨개질만 하는 나날이었다.

내가 갖고있는 코바늘

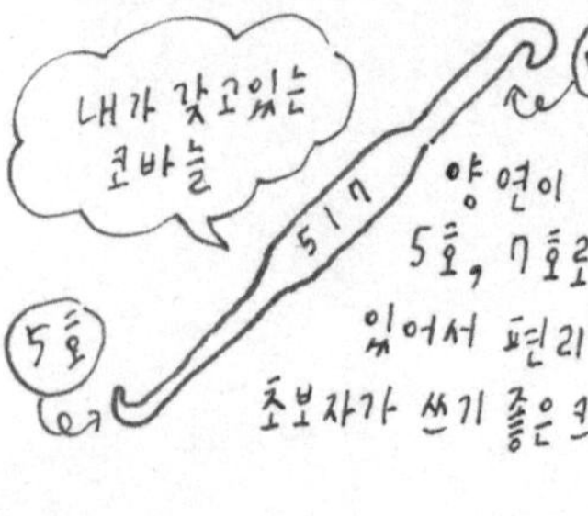

양 연이 각각 5호, 7호로 되어 있어서 편리하다. 초보자가 쓰기 좋은 크기인 듯!

나의 첫 코바늘 작품

일주일이 지난 지금 생각하면
진짜 쉬운 건데, 처음이라서
엄~청 오래걸리고 쩔쩔맸다.
어쨌든 완성해서 기분 좋고
성취감이
엄청나다!

파우치 주인한테
선물했더니 거의
울 것 같은 표정이다.
내가 더 감동 받았다.

장거리 연애라 좋은 점
하나는, 서로 떨어져
있는 동안 나를 갈고
닦을 수 있다는 거!?

오랜만에 만나서
하브스 에서
케이크도 사고
동구리야에서 느긋하게
커피도 마시고~
다음에 만날 땐
목도리를 선물할 수
있기를 ♡♡

空気をまぜて糸にしたウールアルパカ
Airy Wool Alpaca

ウール(メリノ)80%
アルパカ(ロイヤルベビーアルパカ)20%
30g(約100m)
標準ゲージ(メリヤス編) 10×10cm
21〜22目・30〜32段
Merino Wool 80%
Royal Baby Alpaca 20%
109yard/100m
4×4inches 3.6-4.2mm 30-32R 21-22S

標準使用糸量(メリヤス編) マフラー(20×140cm) 3〜4コ 婦人ベスト 6コ

弱く絞る・あて布使用

※濃色品は染料の性質上、色落ちしやすいので、白・淡色品と分けて洗ってください。
※紡績・撚糸・糸巻加工の製造工程で玉の中に結び目が発生する場合があります。

横田株式会社
大阪市中央区南久宝寺町2-5-14
http://www.daruma-ito.co.jp/

DARUMA

空気をまぜて
糸にした
ウールアルパカ

糸の表面が空気を含んだパイル状になっているため、とても軽い毛糸。
年間産出量の約1%しかとれないペルー産のロイヤルベビーアルパカとメリノウールを合わせて糸にしました。

MADE IN JAPAN

5〜7号
6/0〜7/0号

LOT. 20A
4 979738 202887
ウールアルパカ
8

Traditional Tweed
Organic Merino
100% ORGANIC

털실 기록

1 [다루마] 공기를 섞어서 실로 만든 울 알파카

- 울 80% / 베이비 알파카 20%
- 30g (약 100m)

2 [월드셀렉션] 트래디셔널 트위드

- 메리노울 75% / 나일론 25%
- 50g (약 150m)

3 [하마나카] 플랙스 린넨&코튼

- 린넨 78% / 면 22%
- 25g (약 62m)

4 [하마나카] 폼 오가닉코튼 100%

- 오가닉코튼 100%
- 25g (약 70m)

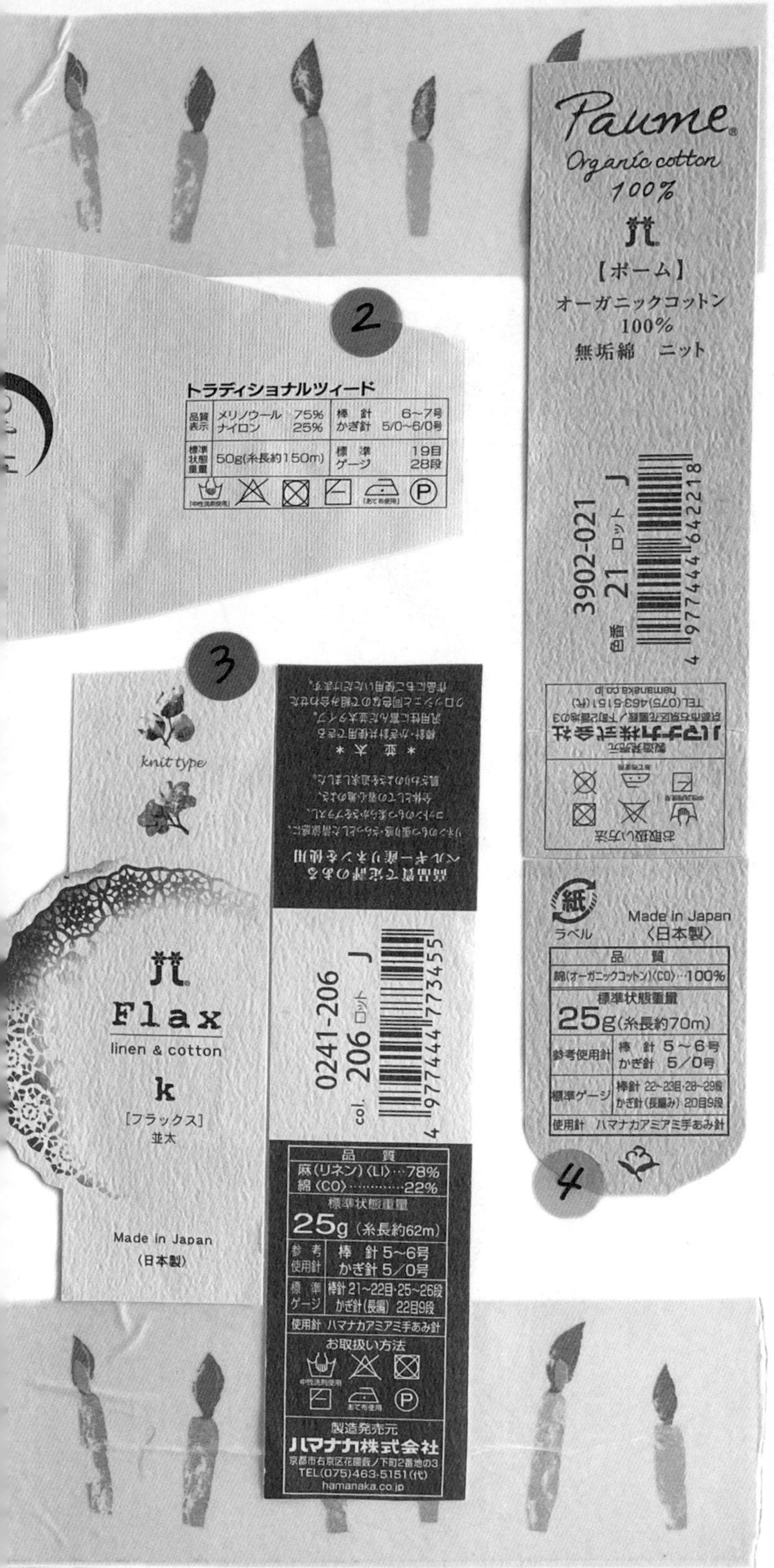

2
トラディショナルツィード
品質表示 メリノウール 75% ナイロン 25%
棒針 6~7号 かぎ針 5/0~6/0号
標準状態重量 50g(糸長約150m)
標準ゲージ 19目 28段
Paume
Organic cotton 100%
【ポーム】
オーガニックコットン
100%
無垢綿　ニット
3902-021
色番 21 ロット J
4 977444 642218
3
knit type
Flax
linen & cotton
k
[フラックス]
並太
Made in Japan
〈日本製〉
0241-206
col. 206 ロット J
4 977444 773455
品質
麻〈リネン〉〈LI〉…78%
綿〈CO〉…………22%
標準状態重量
25g(糸長約62m)
参考使用針 棒針5~6号 かぎ針5/0号
標準ゲージ 棒針21~22目・25~26段 かぎ針(長編)22目9段
使用針 ハマナカアミアミ手あみ針
お取扱い方法
製造発売元
ハマナカ株式会社
京都市右京区花園薮ノ下町2番地の3
TEL(075)463-5151(代)
hamanaka.co.jp
紙 ラベル
Made in Japan
〈日本製〉
品質
綿(オーガニックコットン)〈CO〉…100%
標準状態重量
25g(糸長約70m)
参考使用針 棒針 5~6号 かぎ針 5/0号
標準ゲージ 棒針 22~23目・28~29段 かぎ針(長編み) 20目9段
使用針 ハマナカアミアミ手あみ針
4

9월 공휴일에 잠깐 다녀온 고베 & 아와지 시아에서 먹은 것들

고베!

KOBE

AWAJI SHIMA

아와지 시마

아와지시마의 특산물인
양파로 만든 소스...!
가끔 생각난다.

양파 오므라이스

아와지시마의 양파를 잔뜩 넣은 소스가 감동적✩

양파가 유명한 섬이라 그런가
기념품 가게에도 양파에 관련된
반찬들이 많았다.

양파카레

EMS 도착!!

하영, 수진, 정연이가 보내줬다-!

갑자기 택배가 도착해서 뭐지!? 싶었는데, 한국에서 보내온 EMS였다. 저번달에 내 생일이라고 친구들이 이것저것 챙겨준 모양이다. 너-무 감동입니다 ㅠㅠ

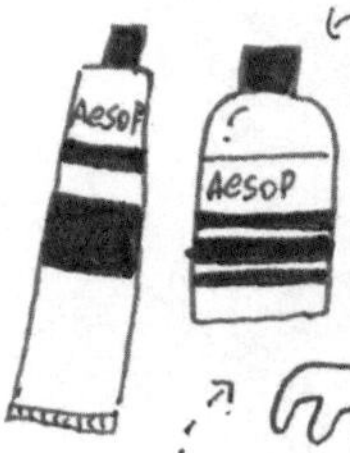

Aesop의 바디밤 & 바디오일

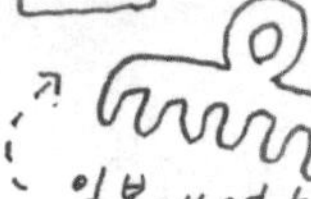

일본에 없는 한국감성 집게핀

임진아 작가님의 신작!! 오늘의 단어라는 책도 받았다. 아껴서 천천히 읽어야지 소중한 한국어 도서 ㅠㅠ

선물들이 어쩜 하나같이 내가 정말 좋아하는 것들이다. 편지도 얼마나 정성스럽게 썼는지 읽는 내내 웃음이 피식피식 나왔다. 고마워♡♡

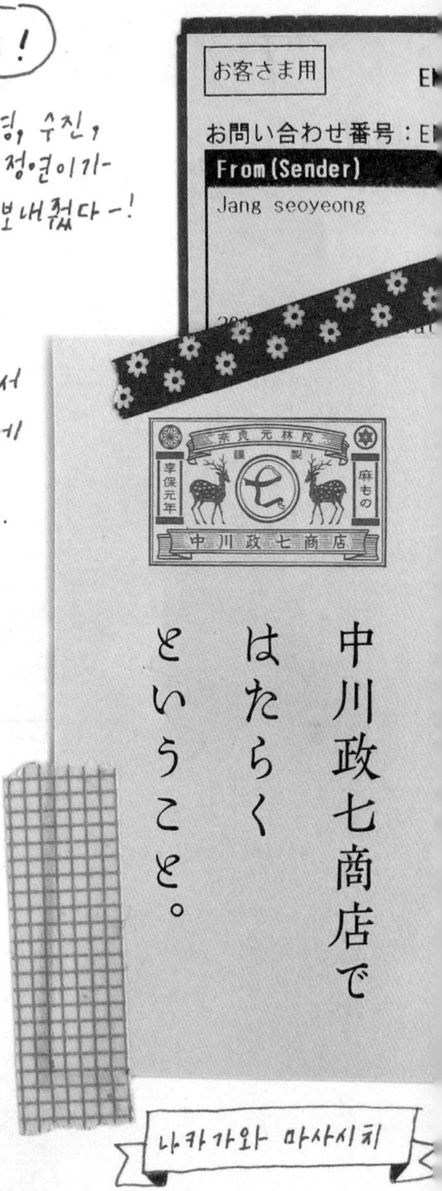

나카가와 마사시치

바로 다음날에 시부야 스크럼블 스퀘어의 선물 가게에 들렀다. 진짜 열심히 골랐다! 선물고르기는 재밌어.

답례품

유기농 유자 된장 단지

나라현 특산물 티백

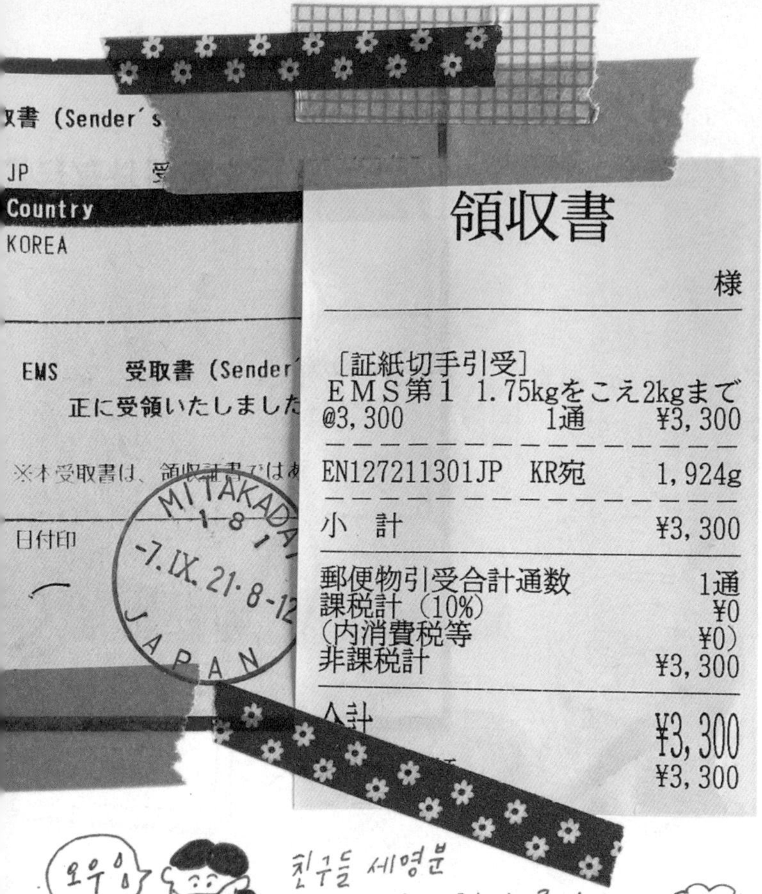
收書 (Sender's
JP 受
Country
KOREA

EMS 受取書 (Sender'
正に受領いたしました
※本受取書は、領収証書ではあ
日付印

MITAKADAI 1 8 1 -7.IX.21-8-12 JAPAN

領収書

様

[証紙切手引受]
ＥＭＳ第１ 1.75kgをこえ2kgまで
@3,300 1通 ¥3,300

EN127211301JP KR宛 1,924g

小 計	¥3,300
郵便物引受合計通数	1通
課税計（10%）	¥0
（内消費税等	¥0）
非課税計	¥3,300
合計	¥3,300
	¥3,300

친구들 세명분
선물을 담을 대형 박스를 샀다.
EMS 가격은 조금 무섭지만
친구들이 좋아해주는 거 생각
하면 두근두근 거린다!

Happy Chuseok
해피 추석-!!

돈 없는 직장인인 내가 신을 건 아니고..
동생 생일이라 큰 맘 먹고 구매!
값이 나가는 만큼 기뻐해주니 선물하길
잘했단 생각이 든다. ...
내 생일도 기대할게??

한국에 못가지만 마음만이라도..
추석연휴전에 도착해서
다행이다. 2차 백신도 다
맞았으니까- 내년엔 꼭
한국에 갈 수 있기를...!!

9월 외식 메모

무기와라 보우시

\ 지브리 미술관 정식 /

지브리 미술관에 있는
귀여운 레스토랑♡
가게 이름은 「밀짚모자」 라는 뜻.
내 맘대로 지브리 미술관
정식이라는 이름을
붙여본다

블렌드 커피

무사시노 커피점

언제 봐도 멋진
마스터께서
커피를 내려
주시는 곳

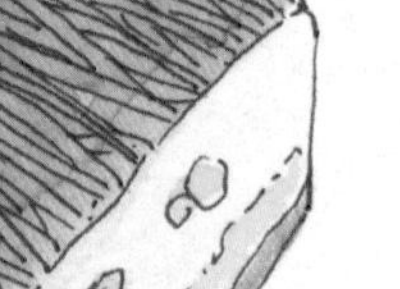

오레 그라세

피낭시에

HARBS
하브스

가을 한정 메뉴!!
「몽블랑 타르트」
둘이서 나눠 먹었지만
사실 나 혼자 다 먹고
싶은 맛이었다

こけし屋

코케시야

1949 년에 만들어진 니시오기쿠보의 양과자점. 본관은 케이크나 쿠키 등을 구입할 수 있고, 별관의 레스토랑에서는 경양식을 먹을 수 있다. 이날은 별관에서 아침식사를~♬

엄청나게 감동받았어!!

같은 맛은 아니지만 니시오기를 오랫동안 지켜온 공간이 주는 포근함에 자꾸 찾아오게 된다.

앞으로도 계속 여기에 있어줬으면 좋겠다.

10월

AUTUMN

OUTER
TOPS
니트 재킷
스티치 카디건
성조기 스웨터
앙고라 스웨터
트렌치 코트
따뜻한 카디건
체크 터틀넥
케이블 스웨터
ONE-PIECE
니트 베스트
흰 셔츠
데님 원피스
체크 원피스
히트텍 터틀넥
리브 터틀넥

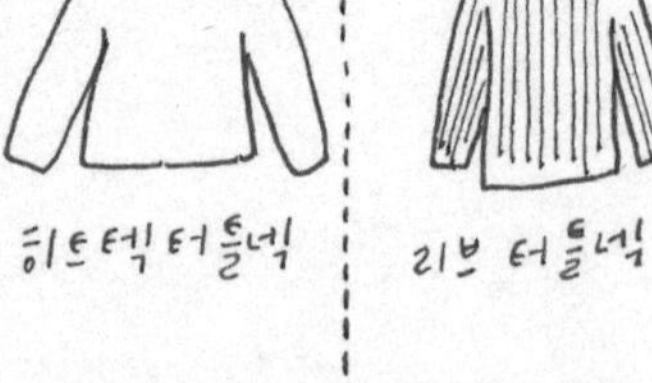
洋品店

CLOSET

BOTTOMS

코듀로이 부츠컷 팬츠

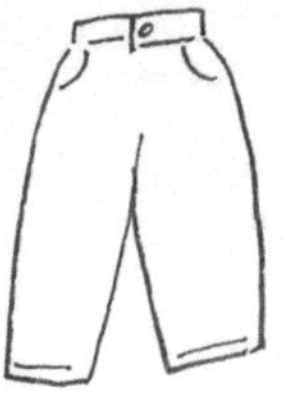
코듀로이 와이드팬츠

베이지색 스커트

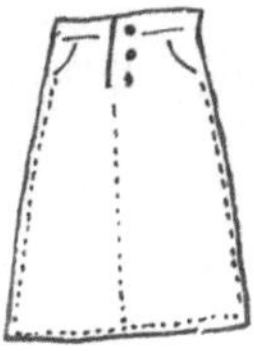
코듀로이 스커트

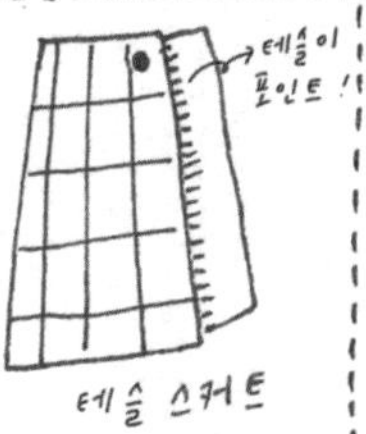

테슬 스커트

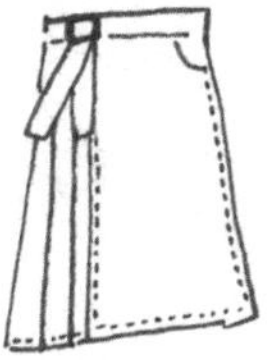
데님 스커트

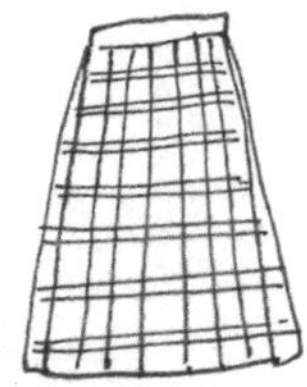
플리츠 스커트

스웨트 스커트

더 추워지기 전에
입고 싶은거 전부
입어 둬야지!

SHOES

왈라비 부츠

왈라비 로우

컨버스

메리제인

ACC

베레모

가죽 가방

한겨울엔 오히려 옷을
잘 안 사게 되는데
가을 옷은 왜 이렇게
욕심이 나는지 모르겠다.

건강 적신호

오우.. 거의 10년 안에 아토피가 재발하고 말았다. 원인을 도무지 모르겠다.

아토피랑 더불어서 갑자기 비염(?) 비슷한 것도 생겼는데, 재채기를 하루종일 하느라 회사에서 부끄러웠다. 전철에서도 계~속 푸엣취!!! ㅇ 이 시국에 마스크 안에서 재채기를 하려니까 얼굴이 화끈화끈 했다.. 계절 탓인지 뭔지 증상이 더 심해져서 병원에 가보니 너무 건조해서 그렇다고 한다. 먹는약 2주치, 의료용 보습제, 스테로이드, 상처치료 연고를 처방 받았다

아토피 환자에게 가을이란..? 정신적으로 너무 힘들다 엉엉...

한국에서 다니던 병원에서 항생제나 잔뜩 받고싶다 ㅇㅇ

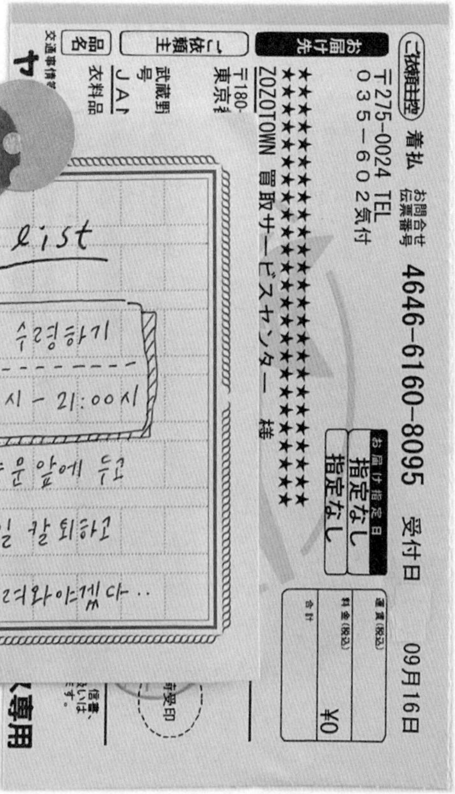

check list

택배 재배달 수령하기

→ 내일 19:00시 - 21:00시

어우 귀찮아 그냥 문 앞에 두고 가면 안되나.. 내일 칼퇴하고 집까지 달려와야겠다..

환절기를 온몸이 거부하지만
이런 날씨는 집순이를 밖으로
떠밀 정도로 사랑스럽다. 아깝
다고 해야하나? 곧 추워질거
생각하면 이럴 때 바깥
공기 마시지 언제 마시나 싶다.

목적 없으면 절대 밖에
안 나가는데, 퇴근하고
백엔샵 구경이라도
하려는 본인을 발견

요즘엔 직장동료 스짱이랑 시부야
마크시티에 있는 백엔샵을
구경하는게 낙이다. 뭐든
10개나 집어도 1000엔 더하기
세금 10%면 너무 행복하잖아!

체력이 남아도는 날이라서
'하야시'에 다녀왔다.
아마 평생 못 듣고
지나칠 수도 있는 그런
명곡들을 커피 한 잔
홀짝이면서 듣고있으면
작년의 나보다 조금
더 나은 오늘을 보내고
있다는 느낌이 든다.

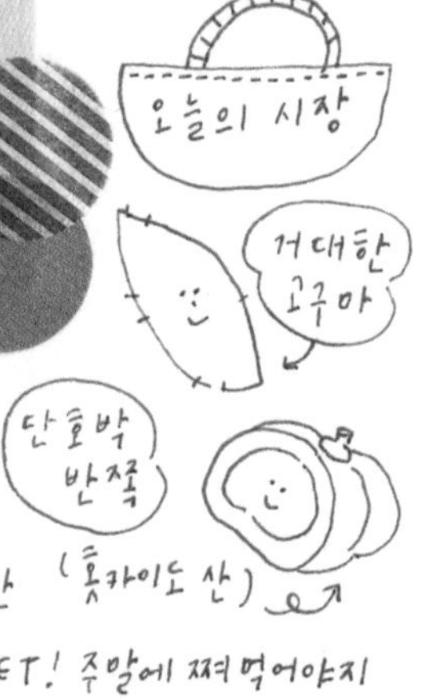

무너져버린
건강의 균형을 되찾고자..
향토적인 식단을 준비해보려고
한다. 대형 마트 세이유에 커다란
구황 작물을 종류별로 팔고 있길래 GET! 주말에 쪄먹어야지

MEMO
NAGOYA

手作りの心を伝える
Cascade
ゲートウォーク店
カスカード゛ ゲ゛ートウォーク店 052-583-0652
愛知
ゲ

저렴한 나고야 방문기

한마디로 볼거 진-짜- 없다!! 이왕 나고야까지 간거 체인점 식사는 억울해서 좋은 가게를 그렇게나 찾아다녔는데 왜 들어가고 싶은 가게가 하나도 없는 건지 ㅠㅠ!! 그러다가 극적으로 베트남에서 오신 분이 운영하시는 베트남 음식점을 발견!! 음식이름이 베트남어에 가타카나로 적혀 있어서 주문하면서도 뭐가 나올지 조마조마했지 ㅋㅋ 결국 메뉴 하나는 실패했지만 배부르게 먹어서 다행이야~

메뉴 2

메뉴판 봤을때 잘 모르겠으면 절대로 주문하지 말기

아직도 뭔지 모르겠는 기묘한 고기 조림(?)

메뉴 1

베트남 쌀국수

밥 먹다가 생각난 것

한국인이랑 일본인이 나고야까지 가서 베트남인이 운영하는 음식점에서 식사를 한다는 게 뭔가 웃겼다 ☺ ㅋㅋㅋ

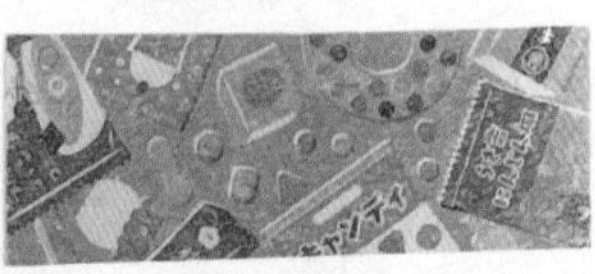

요즘 과몰입 1

뜨개에 진지하게
심취해 있는 요즘...
회사에서 일 하고
집 가서 밥 먹고 씻고 나면
뜨개밖에 안 한다.

지금 만드는 건

인생 첫 스웨터!

유튜브 동영상 찾아보면서
어찌저찌 따라하는데

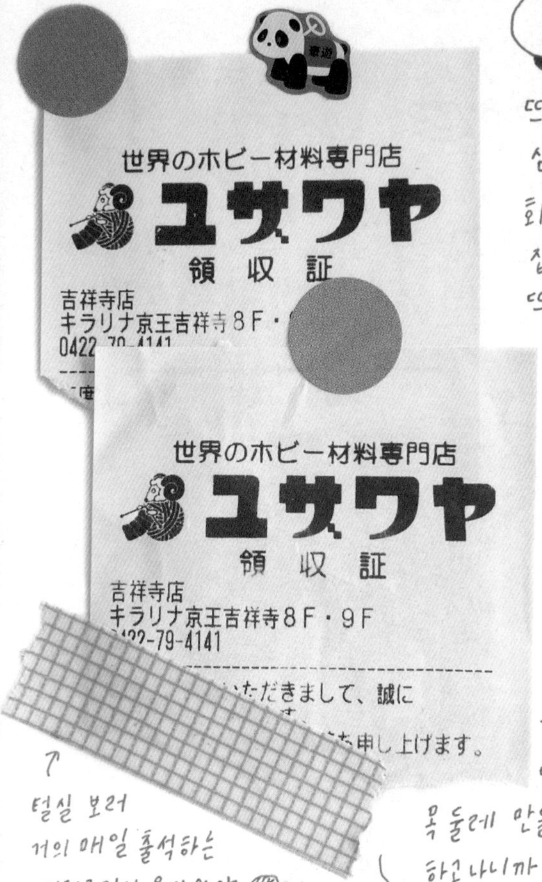

↑
털실 보러
거의 매일 출석하는
키치조지의 유자와야

목둘레 만들고나서 소매 분리까지
하고나니까 너-무너무 신기하다!

순간순간 잘 안 돼서 속상했지만
여기까지 하고 나니깐 의욕이 생긴다.
좋은취미다 ♡

요즘 과몰입 2

회사 앞 빵가게인
Pain au Sourire의
가을 신상품 빵 ♡♡♡
출근전에 여기에 들르면 방금
나온 마롱글라세가 있다

거의 이거 먹으려고
출근하는듯 하다.
내일아침이 기대
되는 유일한 이유

킷사텐 성지라고 불리는 나고야 산책 ♫
진작 알았으면 좋았을 텐데 떠나는 날에 알았다..

NAGOYA

카라반
Caravan

나고야 한복판에서 걷다가
외관이 근사한 가게 발견!
살짝 긴장하면서 가게 문을 여니
도쿄에 돌아가기 전에 여길
찾아서 다행이란 생각이 들었다.
테이블은 옛날 오락기를 엎어서
그대로 쓰고 있고, 사장님 한 분이 계산,
서빙, 조리까지 전부 하시는 곳.

\ 철판 야키소바 /

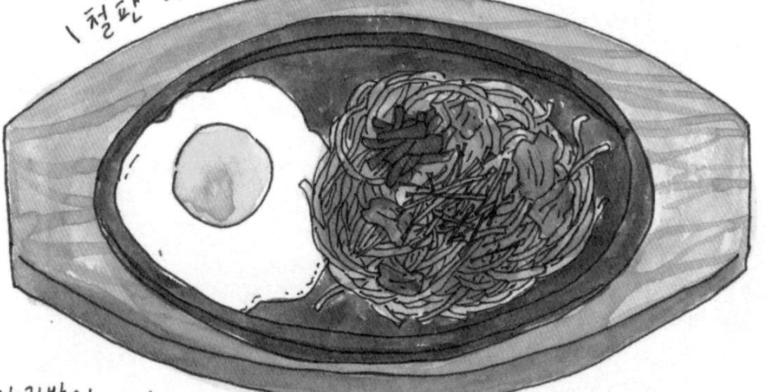

카라반의 메인 요리는
철판 요리 종류라고 한다.

/ 계란 샌드위치 \

이렇게 다 퍼줘도 괜찮은건가
싶을 정도였다. 사장님 혼자서
알바생도 안 쓰고 가게를 관리하시다보니
음식이 조금 늦게 나오는데 이런 가게라면
느긋하게 기다릴 수 있다.

카라반에서 배를 채우고나서
5분도 안 걸었는데 또 외관부터
보통이 아닌 킷사텐 발견!
왜인지 나이가 지긋하신 분들이
줄까지 서서 봉봉 대기줄을 만들고
있는데, 아마 봉봉이랑
같이 쇼와-헤이세이-
그리고 레이와 시대를 지내고
계신 분들이겠지.
라는 생각을 하며
커피 한 잔 홀짝...

\ 케이크엔 블렌드커피 /

\ 생과일 크레이프 /

솔직히 말하면
케이크가 엄청 맛있진 않다!
(그냥 백화점 지하상가에
팔 것 같은 맛)
대신에 종류가 엄청 많고
뭐보다 가격이 저렴하다!
제일 저렴한 건 300엔대였는데
이정도면 맛이 살짝
떨어져도
완전 용서할 수
있지 않은가!

가게 안이 꽤 넓은데 사람으로
꽉 차 있다! 종업원도
엄청 많은데 다들 바빠
보였다. 신기하게도
그렇게 바쁘고 사람들
떠드는 소리로 가게
배경음악이 뭐였는지
기억도 안 나는데
거의 한 시간 넘게
앉아서 기분 좋은
오후를 보냈다.

/ 몽블랑 \

시라카와고 식사 기록

도쿄에서 고속버스 타고 거의 5시간 만에 도착한 시라카와고.
도시에서 치여 살다가 멀리오니까 숨통이 다 트이는 기분이었다..

야마카케 우동이랑 같이 주문한 맛차 디저트 세트. 같이 나온 맛차가 진하고 걸쭉했다. 맛차 아이스크림은 어디서 먹어도 실패가 없구나. 양갱은 단 것을 응축한 맛!!

돌아다니다가 발견한 작은 가게에서.

이번에 예약한 료칸에 식사 포함하길 정말 잘했군!

석식

무한리필 되는 밥. 나 혼자서 거의 다섯그릇은 먹은것 같다ㅋㅋ

정갈한 야키니쿠

튀김소바

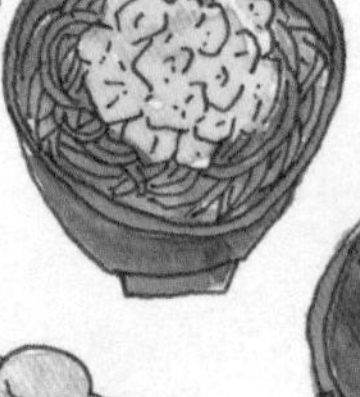

다음날 조식

눈이 즐거운 아침식사.
새 모이 그릇 같은 접시에
엄지손톱 만큼 담겨있는
음식들을 보면 이거 먹고
배가 차나…? 싶지만
다 먹고나면 배 부르더라!
그동안 내가 과식을
한 건지 살짝 반성했다.

체크아웃하고
들른 카페.
비가 와서
아쉬웠
는데
이런곳
에서 듣는
빗소리라면
비가 싫지만은 않다.

PASTEURIZED
BRAND
BUTTER
SNOW
HOKKAIDO
Nestlé
KitKat
麦の恵みの
チーズ
明治 北海道
秋
香る
メープル
チョコモナカ
ジャンボ
バニラ＆キャラメルアップル

ミルクコーヒー
おかしな!?
ハロウィン
チロルチョコ
北海道
雪印
北海道
バター
シナモンク
日清シスコ
食べたみが無限の甘〜い誘惑だよ
焼き芋
ココナッツサブレー

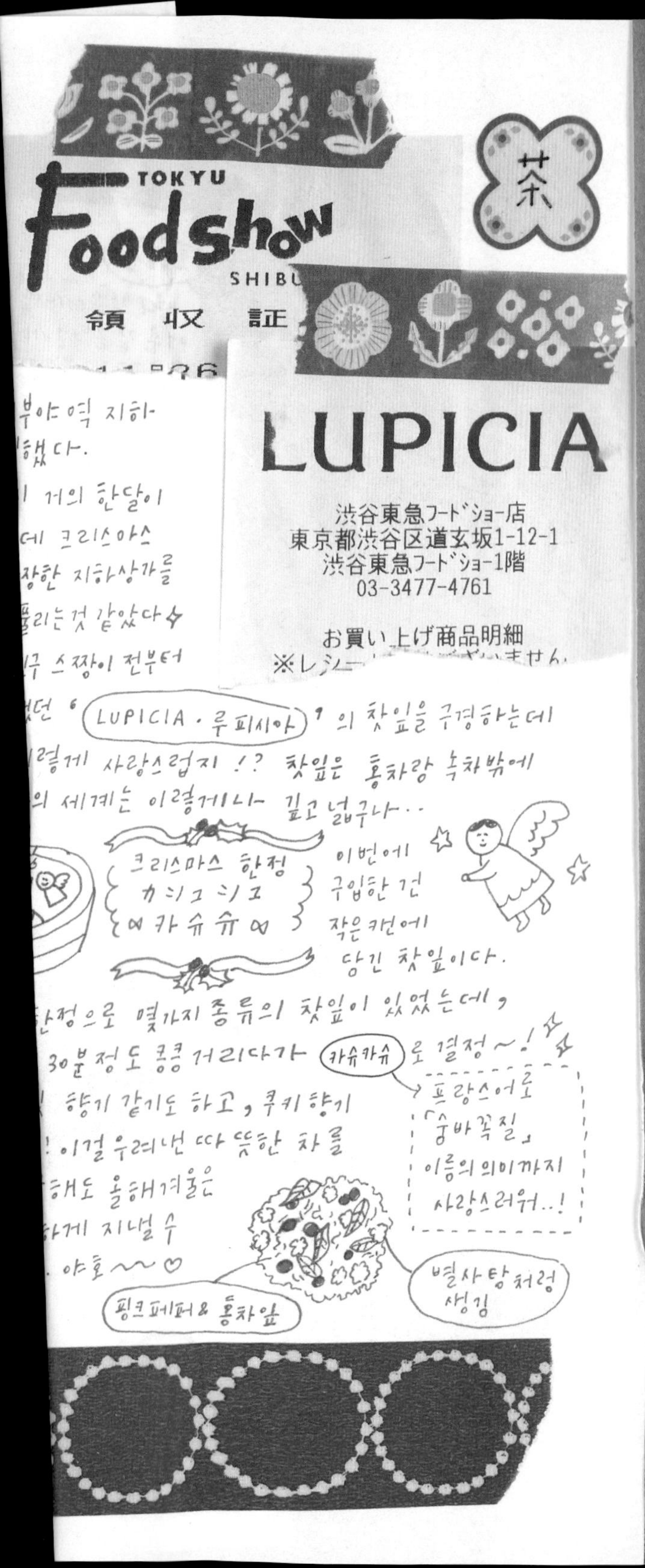
TOKYU
Foodshow
SHIBU
領 収 証
茶
LUPICIA
渋谷東急フードショー店
東京都渋谷区道玄坂1-12-1
渋谷東急フードショー1階
03-3477-4761
お買い上げ商品明細
부야역 지하
했다.
거의 한달이
데 크리스마스
장한 지하상가를
리는것 같았다
구 스쨩이 전부터
던 'LUPICIA・루피시아'의 찻잎을 구경하는데
렇게 사랑스럽지 !? 찻잎은 홍차랑 녹차밖에
의 세계는 이렇게나 깊고 넓구나..
크리스마스 한정
カシュシュ
카슈슈
이번에
구입한 건
작은 캔에
담긴 찻잎이다.
한정으로 몇가지 종류의 찻잎이 있었는데,
30분 정도 큼큼 거리다가 카슈카슈로 결정~!
향기 같기도 하고, 쿠키 향기
! 이걸 우려낸 따뜻한 차를
해도 올해겨울은
하게 지낼 수
. 야호~~♡
프랑스어로
「숨바꼭질」
이름의 의미까지
사랑스러워..!
별사탕처럼
생김
핑크페퍼 & 홍차잎

11월

공과금 내는 날~
출근길에 두유 사는
김에 후다닥
지불했다. 개운해~

요즘 평일 일과

(기상) 원래 아침 6시에 일어나는데 겨울이라 해가 늦게 떠서 그런가.. 거의 7시 30분에 힘들게 눈이 떠진다.

(출근길) ① 회사 앞 세븐일레븐에서 두유 구입
② 회사 근처에서 제일 좋아하는 빵가게에서 일코시오 프랑스 구입!

바게트
소금(시오)&
우유맛 크림

(회사) 바쁜 날이랑 그렇지 않은 날의 차이가 크지만 나름 만족하면서 다니는 중!

(점심시간) 밥 먹고 같은 부서 분들이랑 뜨개클럽 ♬ 한 시간이 훅 지나간다.

(업무) 퇴근시간까지 5시간이나 남았지만 지금 팀 업무가 적성에 맞아서 지루하진 않다.

(귀가) 집 가서 씻고 밥 먹고 영화보고 취침

전근된 지 거의 1년

그전 팀이 너무 안 맞아서 매일 괴로웠는데, 지금은 그때에 비하면 꽤 행복한 직원이 된 것 같다. 올해의 나는 나름 괜찮다!

토모코상이랑
레이랑

레이

그전 팀에서 제일 마음 터놓고 얘기할 수 있었던 두 사람!!
아주 오랜만에 셋이서 이자카야에 갔다.
내가 전근된 다음에도 일부러 불러주셔서 너무 감사하다 흑흑..

이자카(
킨 보시

토모코상(
왜 다 줄
다행스럽
그전 팀이
(어차피
이렇게
또

집 가는 길에 잠깐 로프트에 들렀던 날.
못 보던 마스킹테이프가 잔뜩 놓여 있었다—!!
그동안 일이 바빠서 취미생활에 소홀했다.
전부 사고 싶어서 혼났네!!

퇴근길에 ᄉ
상가를 구ᄀ
크리스마스까
넘게 남았느
패키지로 단
보니 피로감이
직장동료 겸 ᄌ
그렇게 칭찬ᄒ
향기가 뭐 ᄋ
모르는데 ᄎ

509

크리스마스
가게 안에서
달콤한 초콜
같기도 하고..
마실 생각만
충분히 행복
있을 것 같다

이번달 털실 도착!

스페인산 털실이지만 스페인어 홈페이지는 용기가 안 나서 계속 찾아보다가 캐나다의 털실가게에서 판매하는걸 발견!! 북미 특유의 '이 홈페이지.. 제대로 관리되고 있는건가..?' 싶은 괴랄한 UI의 홈페이지였는데, 무사히 주문했고 잘 도착했다!

$ 13.00	8	$ 104.00
ubtotal		$ 104.00
ipping		$ 30.00
Total		$ 134.00
y Visa		**$ 134.00**

キャンディ

dLana*

100%
lana merina autóctona

Producto diseñado, seleccionado
y elaborado en España

맨처음 배송조회 했을 때 거의 4주정도 뒤에 도착한댔는데 2주만에 도착했다~! ♡♡♡ 세번째 스웨터도 기대된다. 얼른 완성하고싶다—!!

소소한 목요일

퇴근하고나서 토요코상이랑 타리즈커피에 들른날. 금요일이라면 당연히 이자카야에 갈 텐데, 애매한 목요일에는 무난한 체인 카페가 좋다. 겨울한정 메뉴가 나왔지만 난 무조건 소이라테 ☺ 토요코상이랑 만나면 할말이 너무 많아서 거의 폐점 직전까지 떠들었다.

TULLY'S COFFEE

タリーズコーヒー
渋谷ソラスタ店
TEL：03-6455-1120
FAX：03-6455-1120
「練習も大事だけど
大切なのは自分を信じること」
（ハリー・ポッター）
ラボ商品発売

GYOZA PARTY

교자 파티

① 준비된 야채들을 잘게 썰어 둔다.

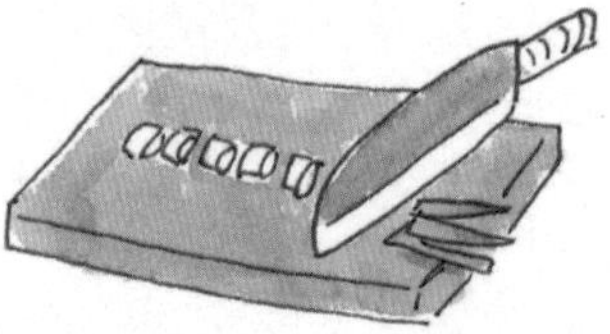

② 잘게 썰어둔 야채들과 간 고기를 섞고 버무린다.

③ 만두피 등장!

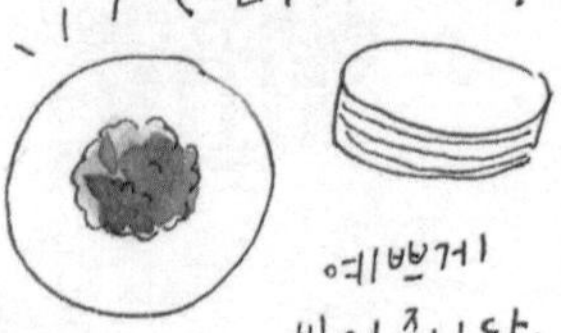

예쁘게 빚어 줍니다.

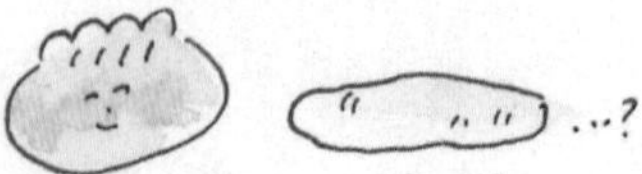

좋은 예 나쁜 예 ...?

④

약불로 천천히 굽고, 그동안 소스 재료를 잘 섞어서 소스까지 만들고나면 완성~!!

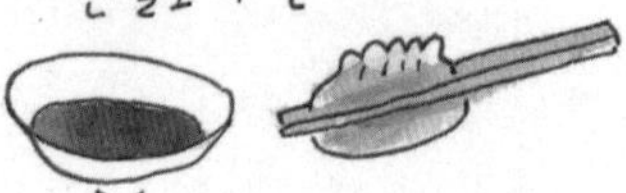

소스

나베 일본어로 냄비라는 뜻.

NABE

냄비요리

❶ 오뎅탕

편의점 '세븐일레븐'에서 판매하는 오뎅 한팩에 아주 푹 빠져있다. 팩 안에 7종류의 오뎅들과 육수까지 들어있어서 냄비에 붓고 끓이면 끝! 앗 이건 요리가 아닌가..?!

❷ 스키야키 (소고기전골)

소고기 한팩이랑 각종 야채, 버섯, 두부만 있으면 된다! 육수는 폰즈라는 새콤한 소스나 간장 등을 메인으로! 난 너무 싱거워서 김치랑 같이 먹었다 흐흐

❸ 오조니 (일본식 떡국)

일본식 된장국인 미소시루에 두꺼운 떡을 넣고 끓였다. 일본에서는 이걸 새해가 되면 먹는 모양인데 난 거의 매일 먹는다. 좋아하는 재료를 넣어서 응용해도 GOOD!

예전에 자주 갔던 회사앞 코메다 커피. 내가 가본 코메다 커피 지점중에서 나름 넓고 조용해서 퇴근하고 스짱을 데려갔다. 근데 이게 무슨 일이야.. 우리가 안내 받은 좌석이 하필 주문 단말기도 없고, 주문 벨도 없고, 게다가 테이블은 작고, 옆자리 대학생 커플은 또 왜이렇게 시끄러워~! 일단 주문부터 하려고 하는데 점원분이 전혀 주문 받을 생각이 없는건지 계속 불러도 돌아보시지를 않네... 그리고 우리 자리에만 에어컨 바람이 나왔다. 지금 11월인데요... 뭐하자는거지.. 설마 이게 말로만 듣던 혐한..!? 그러다가 주문한 믹스주스를 마셔보니.. 밍밍하고 무슨 맛인지 모르겠어서 절반 정도 마시다가 남겼다. 자리가 별로라 음료에 희망을 걸었는데 ㅠㅠ 느긋하게 뜨개하고 그림일기 쓰려고 했는데 집중도 잘 안되고~ 결국 뜨개는 한줄도 못 떴고, 밀린 그림일기는 지웠다 그렸다 지저분한 연필 자국만 남았다. 스짱은 별 신경 안 쓰는 것 같은데 데려와서 괜히 미안.. 앞으로 여기 다신 안 와야지!!

그나저나 벌써 11월인데 아직 하~나도 안 춥다! 겨울이 오긴 오는건가 싶다.

그전에 스벅에서 받은 영수증에 홀리데이 어쩌구하는 말이 적혀 있는 걸 보니 겨울이라는 걸 머리로 깨달았다. 곧 크리스마스인가~ 생각만으로도 벅차는 날 ♡♡ 크리스마스가 주는 포근한 분위기가 좋다. 아직 한 달 넘게 남았지만! 오늘은 캐럴 들어야지~

커피차관 슈

퇴근하고나서 그냥 집가기
아쉬워서 들른 곳. 이번주도
끝났다아~♪

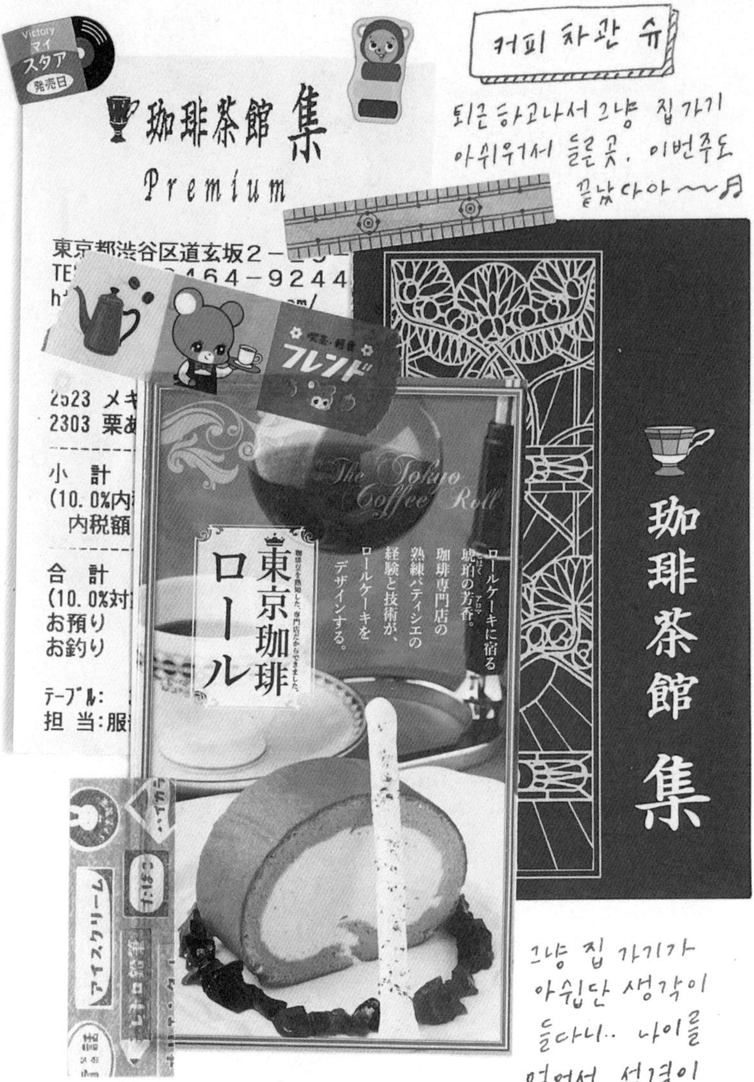

그냥 집 가기가
아쉽단 생각이
들다니.. 나이를
먹어서 성격이
바뀐건가? 요즘에는
피곤하지만 않으면
괜히 뭐 하나 더 구경하고
집에 들어간다. 왠지
세상이랑 친해진 기분이다.

\나의 Pick/

앙미쯔&
녹차
세트

왠지 단팥을 수저로
퍼먹고 싶어서 흐흐

테이블에 놓여있던
설탕. 패키지가
귀엽군!

\ 회사근처 털실가게 /

뭔진 모르겠지만 일단 챙겨옴! 전시회 명함인것 같다.

날씨가 추워져서 그런가 털실을 만지는 게 거의 일상이 되었다. 여름이었으면 아무리 뜨개가 재미있더라도 이렇게까지 과몰입하진 못했을거야..

이번엔 회사 근처에 Amirisu라는 털실가게의 도쿄점 점포가 있다는 소문을 입수해서 점심시간에 후딱 다녀왔다 ♡

Ami	risu
뜨개질	다람쥐

일본어로 Amirisu를 읽으면 대략 뜨개하는 다람쥐 정도가 되려나..? 귀여워ㅠㅠ

점포이름은 WALNUT TOKYO인데 가게 이름에 대놓고 견과류 이름 넣은거 너무 귀엽다♡ 호두라니! 온라인샵도 있지만 짬내서 점포를 다녀오는 것도 나쁘지 않은 선택인듯하다 ☺♡

이번에 제일 기억에 남았던건 WALNUT TOKYO 라는 털실가게 자체보다는 거기까지 걸어가는 산책길에서 만난 풍경이었다. 맨날 회사 '바로 앞' 카페나 빵가게 아니면 회사 건물 안에서만 보냈던 점심시간이었는데 10분만 걸으면 이렇게 멋진 산책길이 나온다니..!

날씨도 무슨 완연한 가을이라서 은행나무가 아침 예쁘더라. 그 짧은 10분 걷는데 정말정말 행복했다. 난 집안에서 행복을 찾는 사람인줄 알았는데 그렇지도 않구나.. 역시 사람은 햇빛도 쬐고 바깥공기를 많이 마셔야하는 건가보다.

산책길에 본것들

환풍기 위에서 낮잠 자는 당당한 고양이

눈이 시릴 정도로 파랗던 하늘이랑 대비되는 샛노란 은행나무들

보도블록에 떨어진 은행잎들

이번에 구입한 털실

Le gros Lambswool

프랑스에서 왔다는 울 100% 털실! 크림색이 아주 소박하면서 사랑스럽다. 가격은 전혀 소박하지 않지만.. ☺

털실을 계산하려고 하는데 내 회원명을 보고 혹시 한국분이냐며 반갑게 한국어로 인사해주신 점원분 덕분에 부끄럽고 고마웠다♡ 한드로 배운 한국어 실력이라고!

Biches & Bûches

Le gros Lambswool

4mm / US6
4,5mm / US7
100g; 192m / 210 yards

This is a pure Lambswool from Scotland, from a family-owned fiber mill. A beautiful natural & scoured quality, for your dreamy knitting projects.
With Love,
xx Astrid & Caroline

나가노 여행♫

1 나가노 목장

우리가 생각했던 목장은 넓~은 초원위에 젖소랑 양이 뛰노는.. 그런 목장 이었는데... 물론 초원은 정말 넓고 탁 트이긴했다! 무튼, 날씨가 추워서 그런가 젖소가 단 한마리도 없었다 ㅠㅠ 양도 전혀 안 보이고.. 대신 초원 위에서 염소의응가를 많이 봤고 많이 밟았다 ㅋㅋ

...?

직접 만든 스웨터

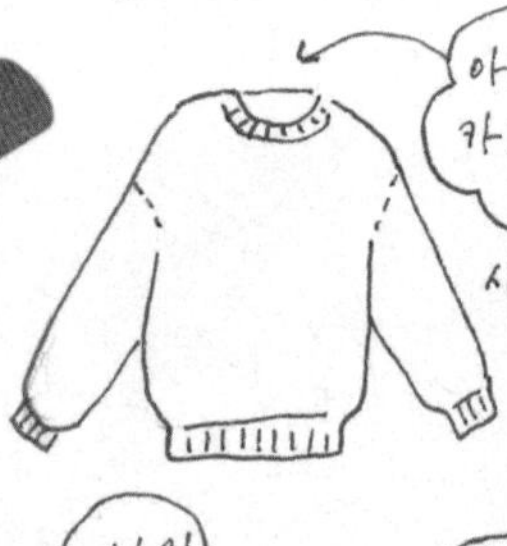

아츠시의 카페오레 스웨터

사이즈가 딱 맞아서 다행이다!

나의 동글 무늬 스웨터

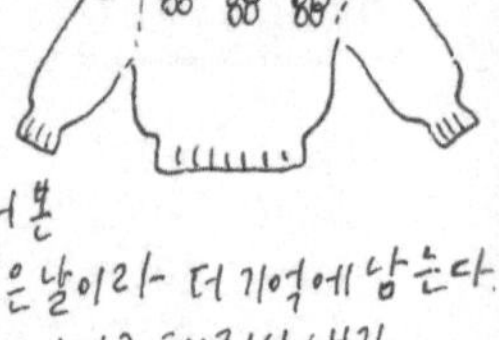

난생처음 뜨개로 만들어본 스웨터를 입은날이라 더 기억에 남는다. 엉성하지만 고맙다고 해줘서 내가 더 고마웠다!

② 바라쿠라 잉글리시 가든

정원구경하는게 취미인 아츠시씨가 꼭 가고싶다던 곳♫ 보도블록을 뒤덮은 낙엽이 바스락거리는 소리가 좋았다. 일본은 한국보다 해가 빨리 져서 아직 오후 두시인데도 괜히 향수병을 일으키는 늦은 오후의 햇살이 들어왔다.

바라쿠라 기념품샵에서는 크리스마스 굿즈로 한창이었다. 스노우볼, 리스, 트리.. 구경만해도 즐거운 시간이었다!

메가이 호수 옆 소바가게에서 늦은 점심☆

③ 낚시터

숙소 근처에 낚시터가 있다는 정보를 입수해서 한시간 정도만 낚시를 하기로 했다. 주말인데 우리랑 두 가족밖에 없는 낚시터를 보니 시골 참 여유롭고 좋단 생각이 들었다. 한시간동안 작은 물고기 두마리를 낚았고, 숙소에 데려갈 수가 없어서 다른 가족에게 드렸다. 엄청 좋아해 주셨다!!

잡은 물고기는 꼭 데리고 돌아가야하는 시스템.

나가노여행 식사 ①
숙소오너께서 직접 만드셨다는 빵.
요거트
아침
사과
토마토 수프
슬라이스햄
버터 & 귤잼
아침에 먹어도 부담스럽지 않은 오믈렛 ♡
크림소스가 인상적인 생선스테이크
상큼한 샐러드
단호박 수프
후식으로 치즈케이크
오늘저녁의 메인은 스테이크
저녁
직접만드셨다는 포도잼!

나가노여행식사 ②
이렇게 정성스런
아침을 먹은게
얼마만인지..
조금 울컥했다.
계란말이
식욕을 돋을 정도의
살짝 새콤한 나물
반찬들이
많았다.
낫또
아침
저녁
오징어 무국
된장국
참치
육회
버섯 &
소고기 구이
BEST
카키 후라이
(굴 튀김)
동네마트에서 흔히 보이는
그런 카키후라이랑은 비주얼부터 다르다.
조개류 안좋아하는데 튀기니까 맛있네!

나가노 여행

陣内マスセンター
☎0267-56-1085
3:00
2021年 1　21日
つ　り　¥2,400
買上点数　1
現計　¥2,400
12:49PM
0016　1 担当者 1

낚시터 이용권 →

무심한듯 친절하신 낚시터 관리인 할아버지가 적어주신 이용권.

샤인 머스캣 캐러멜

고속도로 휴게실에서 구입. 우유맛도 나고 상큼한 샤인머스캣 맛도 나고~♡ 하나 더 사올걸!

나가노 목장 소프트크림 케이크 →

회사분들 드리려고 구입한 기념품. 다들 고맙다고 해주셔서 감사합니다. 사가길 잘했구만~

스크랩북

나가토 목장
소프트아이스크림
영수증

우유 캐러멜

도쿄로 돌아
가는길 휴게소
에서 구입.
회사 책상에
두고 피곤할 때마다 한 개씩
꺼내먹고 있다.

메가미 호수 앞의
소바가게 영수증

쌀쌀한 날씨에
반가웠던
소바가게.
따뜻하게
잘 먹고 잘 쉬었다!!

겨울

12월

WINTER
겨울
冬
공기가 너무 차가워서 이불 밖으로 나갈 수가 없어 ....
라쿠텐에서 구입한 두꺼운 솜이불. 그렇게 맘에 들진 않지만 추우니까 어쩔 수 없이 사용중.
아마존에서 구입한 전기담요. 전기장판이 아니라 전기 「담요」다. 너무 얇아서 아쉽다.. 전기장판은 안파나?
온도 조절기
온도를 최대치로 올려도 전-혀 뜨끈하지가 않다.. 완전 지져질 정도로 뜨거워도 좋으련만 왜이리 미적지근한지..
겨울시즌
추워서 담요로 감싸야됨
그 외
아마존에서 저렴하게 구입했다. 코타츠가 은근 따뜻해서 여기서 나갈 수가 없다.. 기본적으로 보일러가 당연하지 않은 나라라서 장판은 얼음 같지만 코타츠 안은 그렇게 포근할 수가 없다.
추위가 풀리면 코타츠용 이불은 치우고, 보통 테이블처럼 사용한다. 여기서 영화도보고 밥도먹고 일도하고 별걸 다 한다.

으으
체감상 아침에 출근하는 길이 제일 춥다.
서울
니트모자
도쿄
도쿄 기준 겨울에는 이정도만 입어도 살만하다. 패딩이 있으면 입고, 없어도 나름 견딜 만한 추위랄까
코트
코듀로이 바지
한국에서 살았을 때
칼바람에 머리가 헝클어짐
눈물 나옴
[회상]
지금 생각해보면 한국이 진-짜 춥긴 했다. 한국 못 간 지 3년 넘었는데 겨울의 칼바람은 아직도 생생하다. 그 추위에 익숙해서 그런가.. 집보다 밖이 더 따뜻하단 생각도 든다.
이 정도면 견딜 만 하군
겨울에 제일 많이 듣는 말
① 서영상! 한국은 이거보다 훨씬 춥죠!?
② 서영상! 역시 이런 추위 정도는 아무렇지도 않죠!?
17:00
겨울은 해가 빨리 떨어진다。 오후 4시30분 정도부터 해가 떨어지기 시작해서 오후 5시정도면 완전 깜깜하다. 겨울이라 해가 더 짧아진 모양이다.
엥!?
한국보다 일본이 동쪽에 있어서 해가 빨리 지는 것 같다. 이건 아직도 적응이 안 된다.
겨울을 알리는 바깥 음식
오뎅
니쿠만 (고기만두)
군고구마
겨울은 추위에 움츠리게 되지만 겨울이라서 먹고 싶어지는 음식이 있다는 건 행복하다 ♡♡

요즘 옷장 근황

상의

데님 소재의 블라우스.
평소에 이런거 잘 안입는데
기분전환하려고 구입.
공주님이 입는 옷 같네…

상의

예전에 빈티지 샵에서
구입했던 맨투맨

→ Beamsboy
롱보더 티셔츠

요즘에는 이렇게
자주 입고 다닌다.
막 입을 수 있는 맨투맨 최고

상의

단끝에 배색 처리가 귀여운
루즈핏 니트! 아이보리 니트는
흔하지만 저런 포인트가 있는
니트는 또 처음 보네 ~~

외투

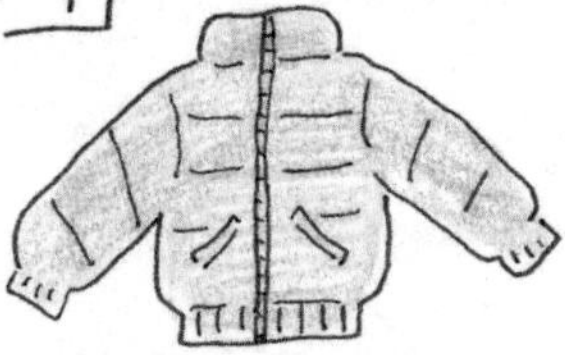

가벼운 패딩! 예~전에
샀는데 아직까지 잘
꺼내 입는다. 예쁘진
않지만 편하니까 ~

외투

두껍고 무거운
한겨울코트.
정말로 무거워서
특별히 멋부리고
싶은날에 입는다.

긴 치마랑 잘 어울린다.

외투

내가 좋아하는 브랜드
오르치발(ORCHIVAL)
의 무스탕코트.

이거 하나만
있으면 겨울
내내 든든하다.
(단점: 무거움)

속은 보아털 안감

WINTER CLOSET
외투
부들부들하고 박시한 재킷.
집 앞 슈퍼 갈 때나
잠깐 나갔다 올 때 대충
걸치기 유용한 옷이다
하의
Beams boy
세일할 때
구입
뭐지! 이 아름다운 스커트는..?!
니트 무늬가 섬세하게 프린트
되어있는 특이한 롱스커트.
하의
이것도 Beams boy에서 구입.
마치 이불을 스커트로 만든 듯한
포근함이 느껴진다. 귀여운
퀼트 스커트 ♡♡
하의
코듀로이 팬츠들~
추운 날엔 속에 내복 바지를
같이 입는다. 통 넓은 바지를
좋아하는 이유.
Home
무인양품 겨울잠옷.
조금 두꺼운 재질이라서 겨울부터
초봄까지 계속 입는다!
ACC
요즘 앞머리를
기르고 있는데, 살짝
거지존이라서 앞머리를
핀으로 고정해야 한다..

주간 이모저모

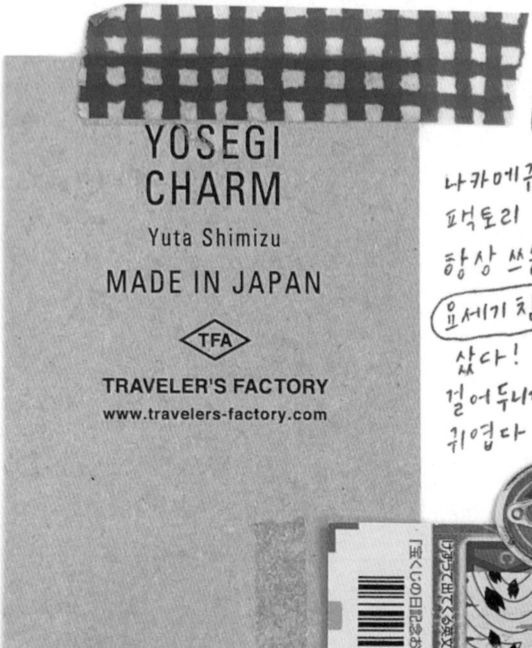

트래블러스 팩토리

나카메구로에 있는 트래블러스 팩토리 매장에 다녀왔다♪ 항상 쓰는 리필노트랑 (요세기 참) 이라는걸 샀다! 노트에 걸어두니까 아주 귀엽다 흐흐♡

도쿄와서 첫 복권

일확천금은 좋지만 정작 복권은 인생에서 딱 한번, 한국에서 살 때 도전해본 게 전부이다. (물론 꽝) 이번에는 연말이라 그런지 싱숭생숭해서 홀리듯이 복권을 긁어보았다. 역시나 꽝이었다. 흠... 그건 그렇고 복권에 만화 원피스에 나오는 브룩이 그려져 있다!!

무인양품 카페

회사 마치고서
푸딩 먹으러
들렀다.
무인양품은 사실
푸딩 맛집이다.

단단하고 찰랑
거리는 푸딩..♡
커피랑 세트로
주문하면 할인도
된다 ✦

겨울맞이 핸드크림도 샀다.
자스민향이라는데
왜 카레냄새같지...

대형문구점 중에서 로프트
다음으로 좋아하는 토큐핸즈.
회사근처에 새로 생겨서
구경하러 다녀왔다.
벌써연하장이 나왔구나~

소레이유
winter

\ 치즈카레 /

올해가 끝나기 전에
소레이유에 다녀와서
얼마나 다행인지!
아츠시가 여기서
일 했을 때는
일주일에 두번은 꼭
들렀었지
니시오기쿠보 최고의
킷사텐!!

\ 나폴리탄 /

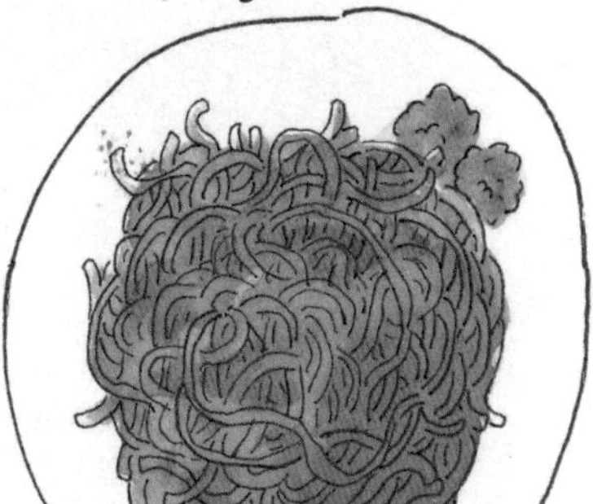

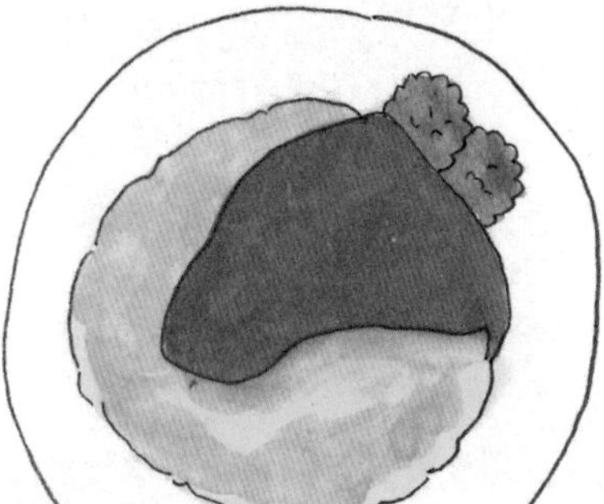

/ 오므라이스 \

\ 구운사과 /

우리동네
케이크 기록
화이트 치즈 케이크
몽블랑
おすすめ
치즈케이크
아즈키 (통팥)
롤 케이크
딸기 쇼트 케이크
딸기 밀푀유

센가와 산책

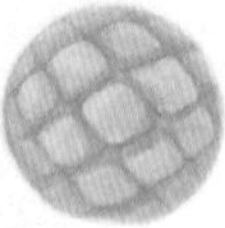

모처럼 주말인데 뭐할까 하다가 평소에 갈 일이 잘 없는 센가와라는 동네에 다녀왔다. 왜 센가와냐면 구글맵에 パン屋(빵집)이라고 검색해보니까 정말 괜찮아 보이는 빵집을 발견했기 때문이다.

AOSAN 이라는 이름의 빵집. 외관은 오래된 방앗간이 생각나는 모습. 아참, 가게 밖까지 대기 줄이 길었다. 이 동네에서 알아주는 빵집인가보다. 먹기위해서 줄 서는 건 오랜만이었다. 두근두근♡

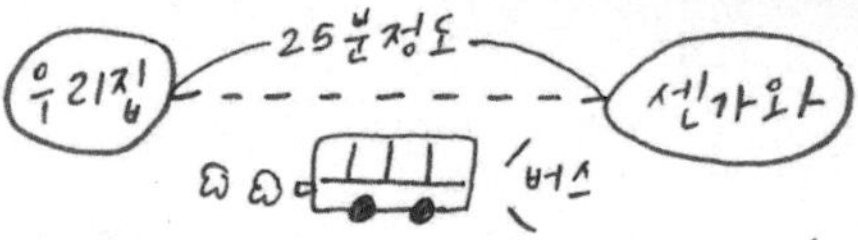

↑ AOSAN 에서 가져온 명함

줄을 기다리다가 어느새 내 차례가 되어서 가게에 들어갔더니, 이게 무슨 일인가! 만화영화에나 나올법한 빵공장이 생각났다. 점원들은 모두 바빠 보였고, 가게 내부가 좁아서 살 것만 딱 골라서 계산하고 바로 나가야 하는 구조다. 가게안을 천천히 둘러보고 싶었는데 뒤에 대기줄이 있어서 미리 점 찍어둔 빵만 사서 후다닥 나왔다.

오늘의 빵

① 건포도빵

② 호두빵

하나도 안 달고 살짝 거친 빵이었다. 오랜만에 맛있는 빵 먹었다 ☺ ♡♡

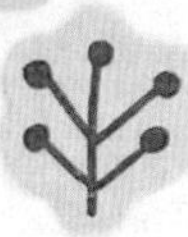

집근처 샌드위치 가게

산도레

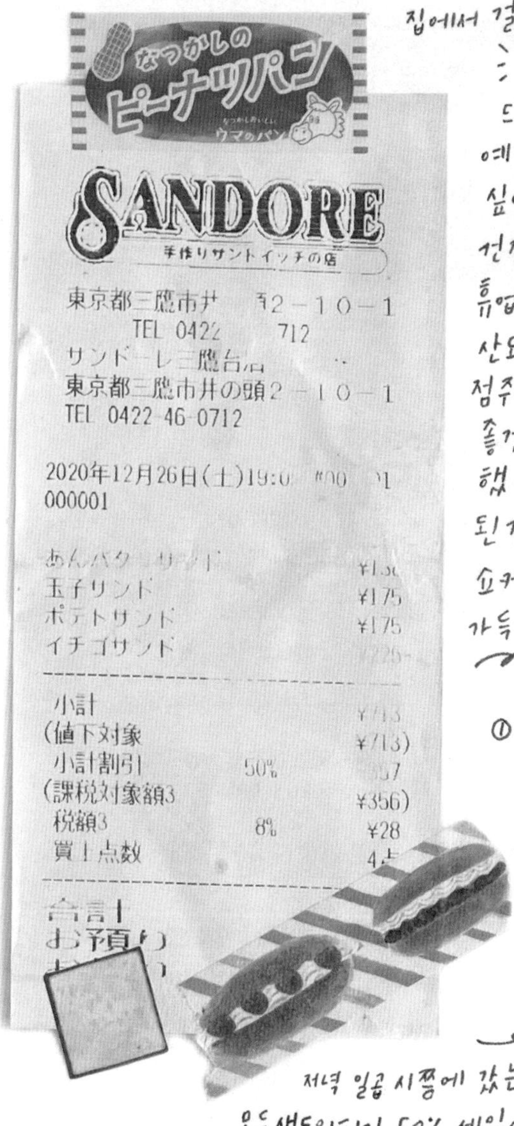

東京都三鷹市井　町2－10－1
TEL 0422　712
サンドーレ三鷹台店
東京都三鷹市井の頭2－10－1
TEL 0422-46-0712

2020年12月26日(土)19:0
000001

あんバターサンド	¥15
玉子サンド	¥175
ポテトサンド	¥175
イチゴサンド	¥225

小計		¥713
(値下対象		¥713)
小計割引	50%	-357
(課税対象額3		¥356)
税額3	8%	¥28
買上点数		4点

合計
お預り

집에서 걸어서 10분도 안걸리는곳

산도레

드디어 다녀왔다—!
예전부터 꼭 가보고 싶었는데, 점주님의 건강 문제로 거의 일년간 휴업이었다. 굳게 닫힌 산도레를 볼때마다 점주님이 얼른 건강해지셨음 좋겠다고 마음속으로 기도 했는데, 다행히도 그렇게 된것 같다. 산도레의 쇼케이스가 샌드위치로 가득한 날이 오다니 ☺♡

오늘의 샌드위치

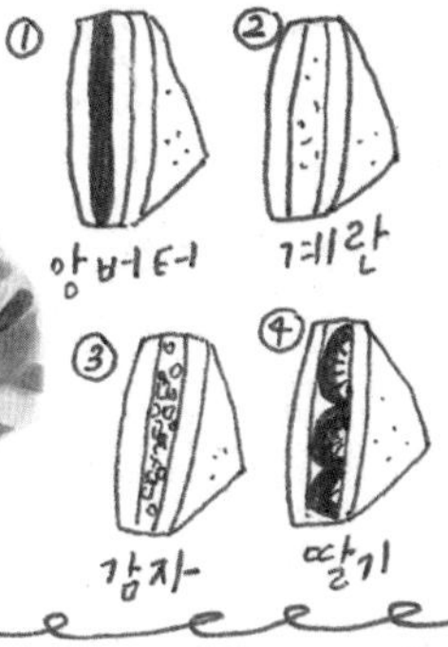

저녁 일곱 시쯤에 갔는데 이시간 부터는 모든샌드위치가 50% 세일이라고 한다!
점주님 항상 건강하세요. 감사합니다 ♡♡

1224

3rd 세키구치정

아츠시랑 내가 매년
크리스마스 마다
들르는 식당인
세키구치정.
올해는 크리스마스
당일이 아니라
이브에 다녀왔다.
내일은 크리스마스
+ 라니 ♡♡
* : * . + *

いつもの味で
お待ちしております

せきぐち
関口亭

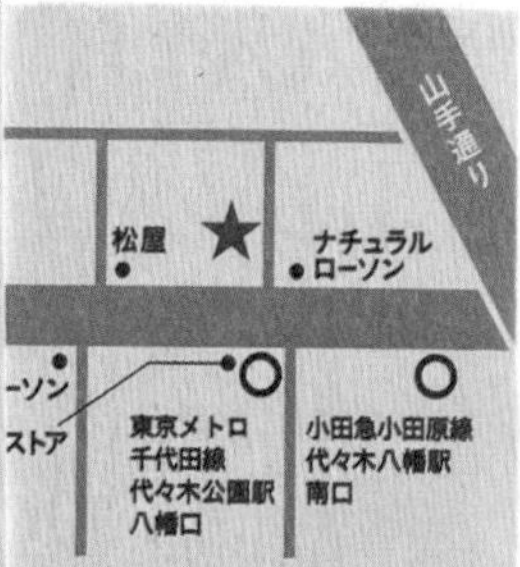

営業時間

[Lunch] 11:30-14:00
[Dinner] 18:00-21:30
〈L.O. 20:45〉

水曜日はお休みです
*日曜日はディナータイムのみ営業

東京都渋谷区富ケ谷1-52-1
Tel.03 3465 8373

올해는 큰맘 먹고
코스요리를 주문했다!
단품요리 몇개 주문하고
행복해하던
우리가 이제는
근사한 요리도 먹게되고!
그동안 정말 수고했다!
열심히 지냈다!
연말은 이래서 좋다.
크리스마스가 안
끝났으면 좋겠다.

전채요리가 양이 꽤 많아서
정작 메인요리 부터는
너무 배부름 + 피곤함이 섞여서
눈을 거의 반쯤 감고 먹었다.
아까워라 ㅠㅠ

1225

CHRISTMAS

크리스마스 당일에는
특별히 계획해둔게
없어서 좋아하는 동네인
니시오기쿠보에
다녀왔다.

15분정도
되는 거리를
버스 타고
가야하는
체력이
되었다..

소레이유

아츠시랑 처음
만난 킷사텐!.
당시 소레이유의
점원이었던 아츠시랑
이렇게 손님으로 가게
될줄은 생각도 못했던
그때를 생각하면
지금 이 순간이 얼마나
신기한지 모르겠다.
오랜만에 갔더니
밥 값도 안 받으시고,
내가 소레이유에서
제일 좋아하는 호박파이
까지 챙겨주셨다.
집에 와서 열어보니
호박파이가 네개나
들어있었다.
생크림은 따로 종이컵에
한가득 담겨있었다.
종이컵에는 언제든지
놀러오라고 적혀있었다.
왜눈물이 나지..

FOR YOU

From
ATSUSHI
THANK
YOU!!

선물로 받은 겨울잠옷.
잘 입을게~

크리스마스

\전채요리/
생선살을 구운 요리였는데 음식 이름이 도무지 기억이 안 난다 ...
\구운 바게트빵 + 크림수프/
/굴 튀김\
/엔젤 슈림프\
/어니언 그라탱 수프\
/농어 푸아레\

in 세키구치점
비프스튜
아이스커피
얼어 죽어도 아이스
규 히레 스테이크
마스카포네 치즈푸딩
오렌지소스 크레이프

\ 한해의 마지막 날 /
12월 31일
배추, 콩나물, 팽이버섯 등등
야채보다
고기가 많았다.
개인접시에
먹을만큼 담아서~
쌀밥이랑
같이
먹었다.
/ 김치나베 \
아츠시네 집에서
제일 맛있는 요리라는
김치나베.
김치찌개랑은 전혀
다른 요리이다.
사각사각한 배추가 가득
들어있는 고소한 국 느낌..!
김치나베를 다
먹어갈 때
쯤에는
밥을 넣고
걸쭉하게 끓인다.
한국으로 치면
식후 볶음밥 같은
느낌이려나!?
\ 해넘이소바 /
한해를 마무리 하며 먹는 소바.
내년에도 건강하고
행복하게 지냅시다~
거대한
새우튀김
/ 마키스시 \
& 유부초밥
젓가락 받침대가
귀여웠다.

새해 연휴

아츠시 씨는 먹기도 잘 먹고 요리 솜씨도
은근 훌륭한데 그 이유를 알겠다.
어머니가 요리를 이렇게 잘 하시니까
보고 배웠나 보다.

1월

LAST DAY

한해의 마지막날을
어떻게 보냈지?

올해 연말연시에도
아츠시 씨의 고향인
고베에 다녀왔다.
올해의 마지막날이라고 해서
별로 특별한 기분은 안 들었다.
음.. 돌이켜보면 안 아프고
별탈없이 지냈던 것 같아서
다행이네 ☺ 정도??
아 참, 아침에는 시내에
있는 촌스럽고 귀여운 카페에
다녀왔는데, 올 한해도 정말로
감사했다는 쪽지를 받았다.
내년도 잘 부탁한다는 말도
적혀있다. 그럼요!! 여기
처음와보지만 저도 감사했고,
내년도 잘 부탁
드립니다!

TSUTAYA

TSUTAYA. 西鈴蘭台店
TEL 078-596-2545

★☆★年末年始の営業時間
12/31 10時～20時
1/1 12時～20時
1/2 10時～20時
1/3 10時～20時
レジNo.0071
伝票No.0071103914 -001
2021年12月31日（金） 12時28分 003

貸出レシート
営業日 2021年12月31日（金）

会員NO.****-****-****878-9 V

貸 ■> 千と千尋の神隠し
167191277-001 0
貸 ■> クレヨンしんちゃん 嵐を
0
0

がんばれ

今年も本当に
ありがとうございました。
来年もどうぞ
宜しくお願い致します。
UCCカフェプラザ神戸交通センタービル

NEW YEAR

12월 31일은 진~짜
게으르게 지나갔다.
정말로.. 먹고 자고
영화 보고.. 이게 전부라
기록할게 없다ㅇㅇ

영수증

DVD, 만화책등을 대여해주는
츠타야에서 지브리 영화
몇 편이랑 짱구는 못말려
극장판 「어른제국의 역습」을
빌려봤다. 이미 한 번씩
봤던거라 딴짓하면서
감상했다. 아츠시씨는
엄청 감동 받은 모양이다.
난.. 영화 보면서 먹은
야끼토리가 맛있었다
흐흐♡

새해가 밝았으니
신사에 가서 소원을
빌어야한다!
이런걸 진지하게
믿지는 않지만
새해분위기를
만끽하고 싶어서
스기오신사라는 곳에
다녀왔다. 동네에
있는 작은 신사에서
5엔을 던지고, 작은
소원을 빌었다. 아츠시는
나에 대한걸 빌었다고 한다. 뭔지 궁금
했지만 나중에 이루어지면 말해 달라고
해야지! 올해는 한 해의 운을 점 치는 오미쿠지를
안 뽑았다. 운은 내가 만들어가는 것!
(사실 줄 서기 귀찮았음)
새해 복 많이 받으세요!

올해 버킷 리스트

① 맛있는 샌드위치 만들기
② 새로운 조리도구 구입
③ 요가 다시 시작하기
④ 뜨개질 열심히!
⑤ 빵집 탐방

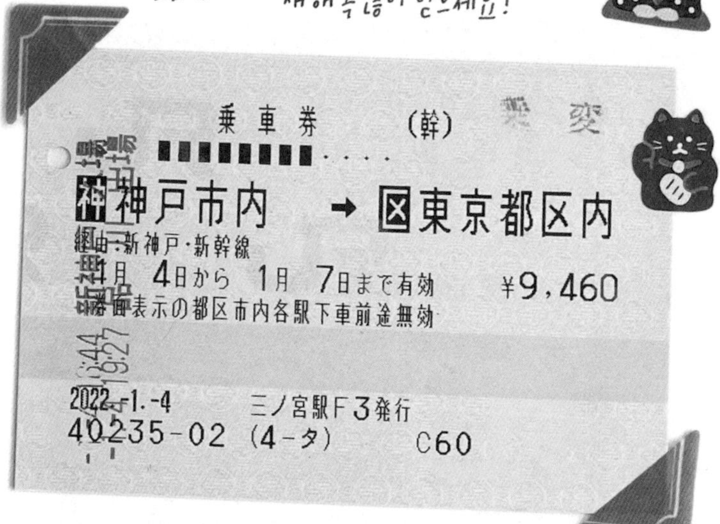

도쿄로 돌아오고나서 보니
주머니 안에 고베→도쿄
신칸센 티켓이 들어있었다.

거의 일주일 동안 아무
생각없이 푹 쉬다 왔다. 정말
행복했는지 2kg이 불어나 있다

오세치요리

일식

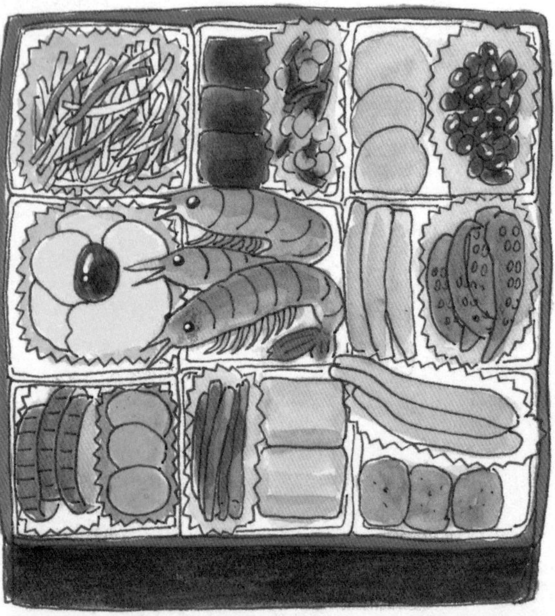

양식

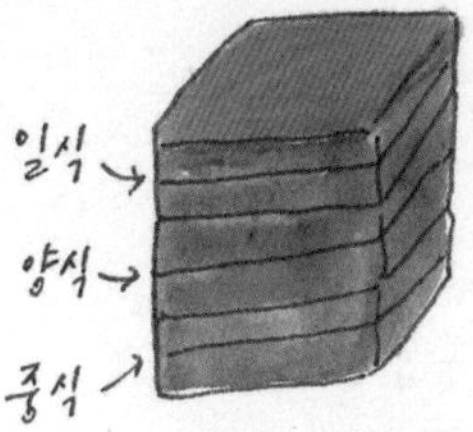

1월1일 새해가 되면 먹는음식.
새해 아침이 기다려지는 이유중 하나이다.
올해도 아츠시씨네 어머니께서 준비해주신
오세치요리! 한달전부터 예약하고 구입하셨다고..!
너무너무 감사하고 맛있게 잘 먹었다!

오조니

된장을 베이스로
하는 일본식 떡국.
지역마다 사용하는
된장이 다르다고 한다.
내가 고베에서 먹은
오조니는 갈색 된장!
닭고기도 들어있었다

\ 새해 첫 아침의 술 /

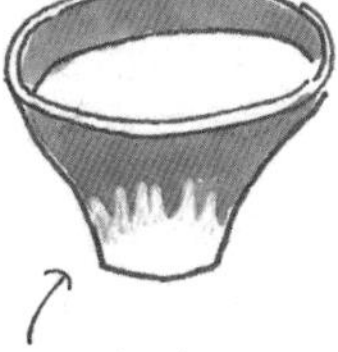

내가 예~전에
선물했던 후지산 술잔!

세트구성이다.

MUJI × 도시락

무인양품 도시락통 & 이것저것 구입 기록

무인양품에서
나무재질의 아주 근사한
도시락통을 샀다.
평소에 요리를 그렇게
즐기진 않지만.. 멋진
도시락통이 생기니까
뭔가를 만들고 싶어진다!
오랜만에 보람찬 소비했다.

부속품 list

① 도시락 파우치

도시락통이
딱 맞게 들어가는
푸른 회색 파우치

② 팔각형 나무 젓가락

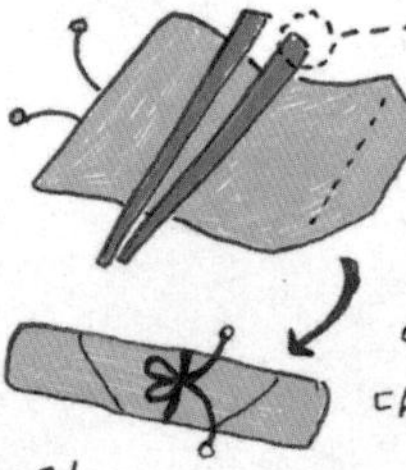

젓가락
뒷부분이
팔각형.
테이블 위에
던져놔도
이리저리 굴러
다니지 않을것같다.

젓가락 파우치가 멋지다!

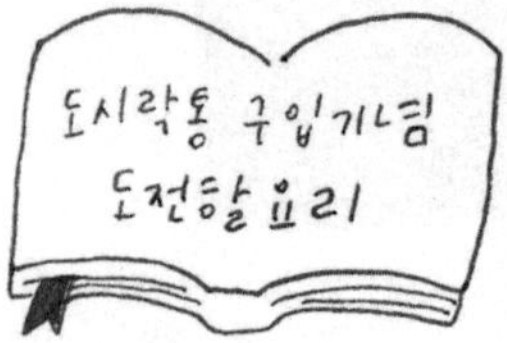

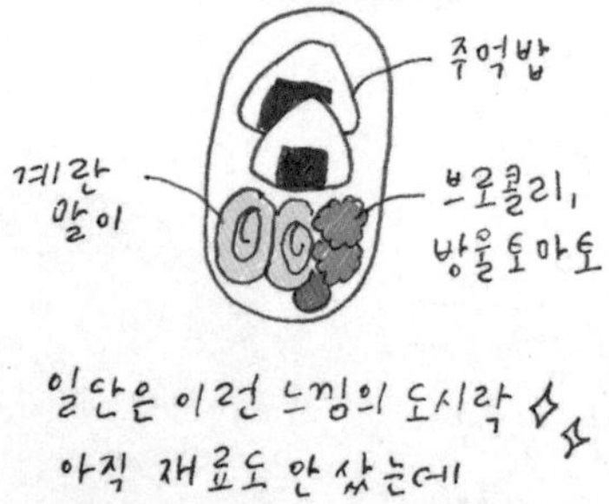

삼각주먹밥

속에 뭔가를
넣고 싶은데 뭘
넣어야할지 잘
모르겠다.
예전에 유부초밥 만들때도
밥이 잘 뭉쳐지지가 않고
다 부서지던데…이부분은
연구를 다시 해봐야겠다.

잘 만든 계란말이

계란말이.. 너무 어려워서
항상 계란 부침개가
되어버리지만.. 연습하면
나아지지 않을까?

일단은 이런 느낌의 도시락 ✧
아직 재료도 안 샀는데
하루종일 도시락 레시피
같은거 계속 찾아보고 있다.
내일 소풍가는 기분이다!
과연 도시락 생활이 얼마나
지속될지는 모르겠다만
오랜만에 신선한 기분이다♡

신년 기념 필기구 소비

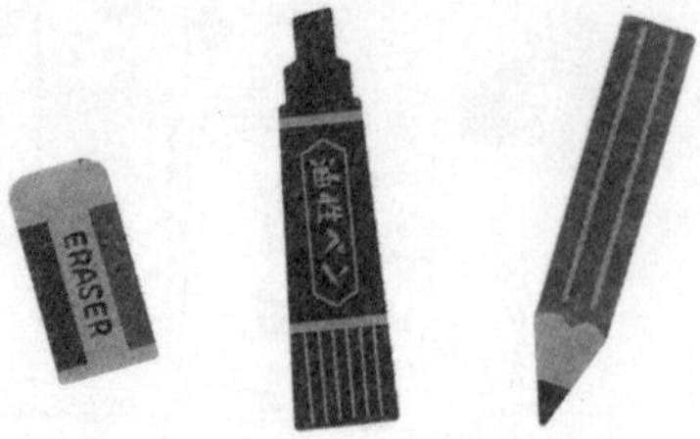

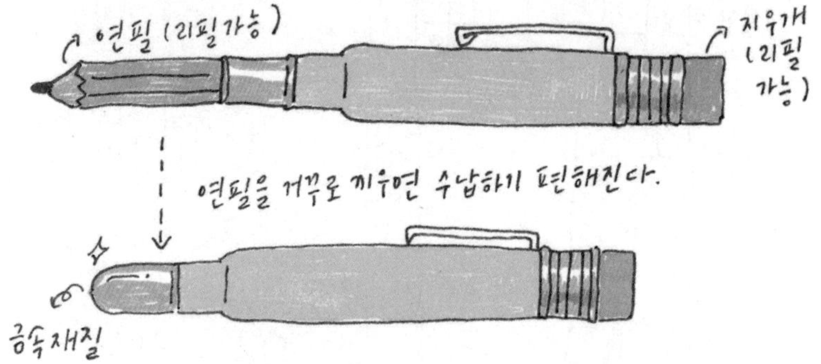

① TRC BRASS 연필

예전부터 살까말까 고민하다가
실물을 보고 바로 구입해버렸다--!
한손에 쏙 들어오는 귀여운 사이즈♡
연필을 뒤집어서 끼우면 필통에
넣고 다녀도 금속 재질이 연필심을
보호해준다. 연필심이 부러질 걱정도 없다!

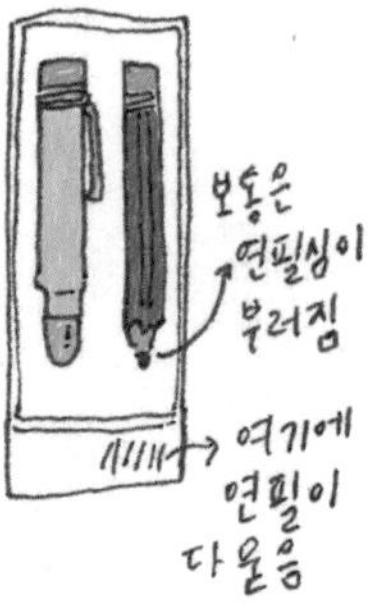

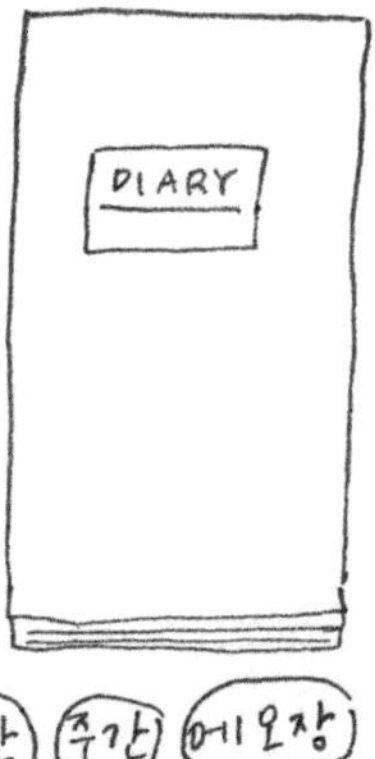

월간 주간 메모장
전부 기록할 예정!

MIDORI 무지 노트

다이어리 끝까지 못 쓰는 사람..?
저요.. 신년맞이 다이어리는
결국 돌고 돌아서 심플한 무지
노트로 골랐다. 내가 평소에
쓰는 트래블러스노트 가죽 표지에
애매하게 들어가는 묘한 사이즈감..
그래도 종이 재질이 아주 부드럽고,
종이 색깔은 크림색이라서
마음에 든다 ♡♡♡

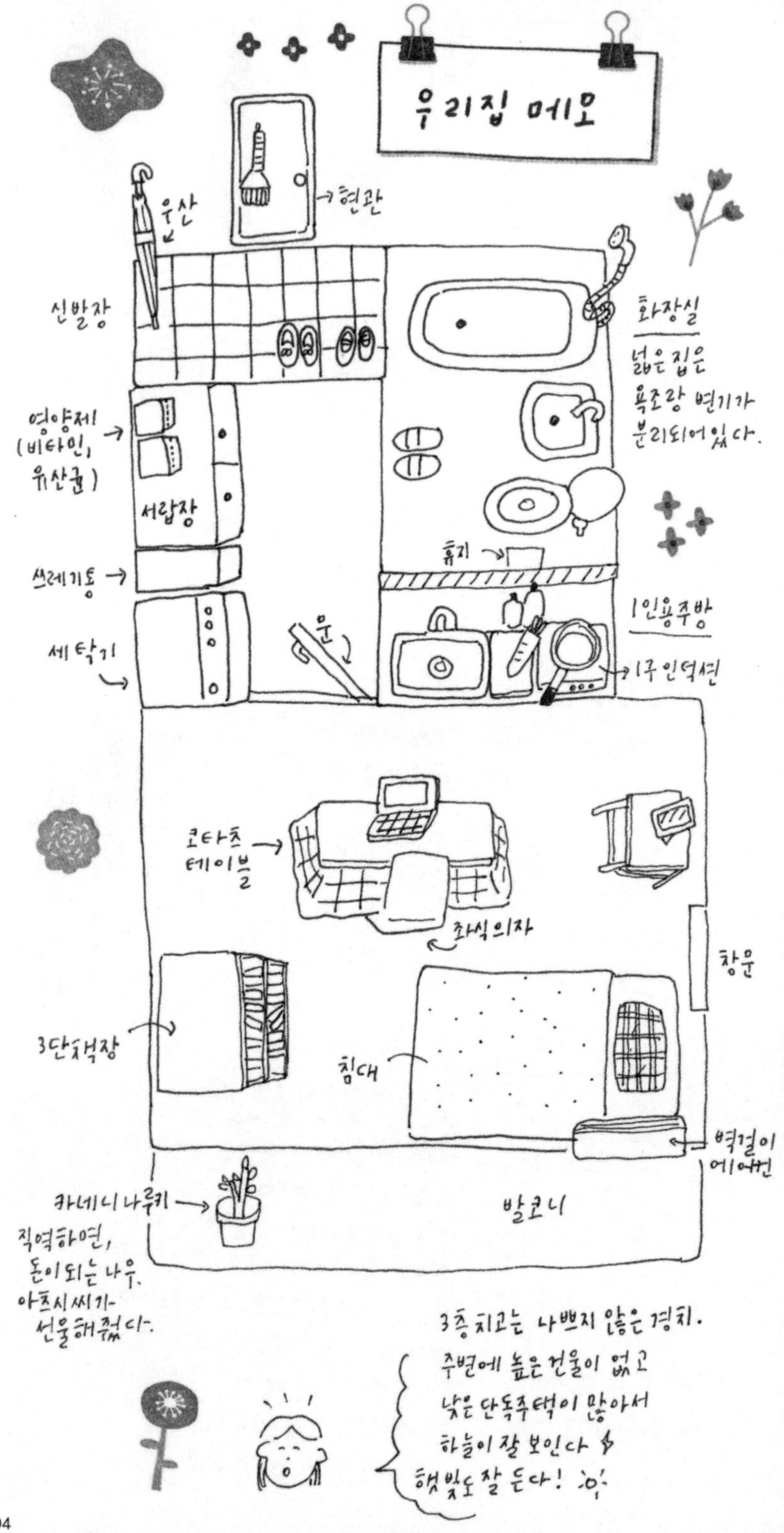
우리집 메모
우산
현관
신발장
화장실
넓은 집은 욕조랑 변기가 분리되어 있다.
영양제 (비타민, 유산균)
서랍장
쓰레기통
세탁기
휴지
문
1인용주방
1구 인덕션
코타츠 테이블
좌식의자
창문
3단책장
침대
벽걸이 에어컨
카네니 나루키
직역하면, 돈이 되는 나무. 아츠시 씨가 선물해줬다.
발코니
3층 치고는 나쁘지 않은 경치.
주변에 높은 건물이 없고
낮은 단독주택이 많아서
하늘이 잘 보인다
햇빛도 잘 든다!

청소

주말에 몰아서 하는 편.
화장실, 주방은 전용 세제를 대충 뿌려두고 10분정도 기다린 후에, 1회용 행주나 수세미로 벅벅 문질러서 닦는다.
방바닥은 시간 날때 걸레로 계속 닦거나 돌돌이로 밀어준다.

수납

되도록이면 내 눈에서 안보이게, 그리고 헷갈리지 않도록 내 나름대로 분류해서 정리해둔다.

...ex...

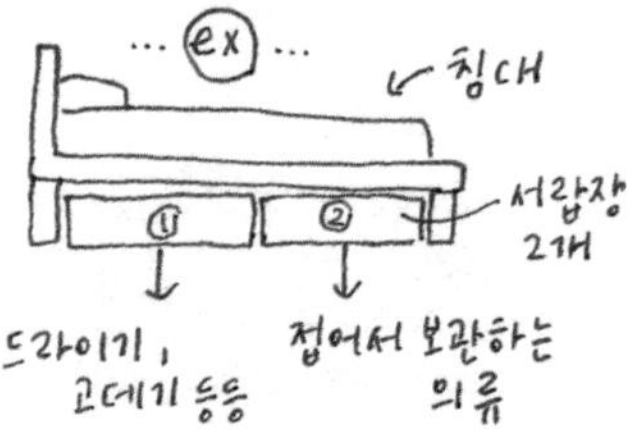

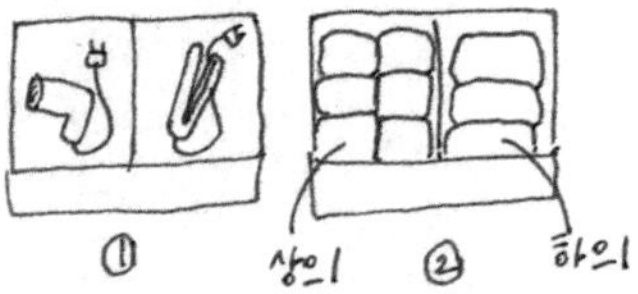

물건

집이 그리 큰 편도 아니고 개인적으로 집 안에 물건을 쌓아두는 걸 아주 싫어해서 두 달 이상 안 쓴 물건은 미련없이 버린다. 신기하게도 버려도 버릴 물건이 계속 나오고, 그 물건이 없는 생활은 전혀 불편하지도 않다.

↓

물건을 주기적으로 처분하는 습관은 도쿄에 오고나서 생겼다. 지진을 자주 겪어보니까 언제 닥칠지 모르는 긴급 상황을 대비하게 된 것 같다. 물건이 많으면 잃는 것도 많아질테니까.. 꼭 필요한것만 남겨두기!!

분리수거

시청에서 지정해준 지정 쓰레기 봉투에 타는 쓰레기/안 타는 쓰레기를 분류해서 버린다. 쓰레기 봉투에 실수로 유리병이나 캔 같은걸 넣으면 수거가 안 되니까 주의할것!

페트병은 비닐을 떼고, 뚜껑을 빼서 분리수거 한다.

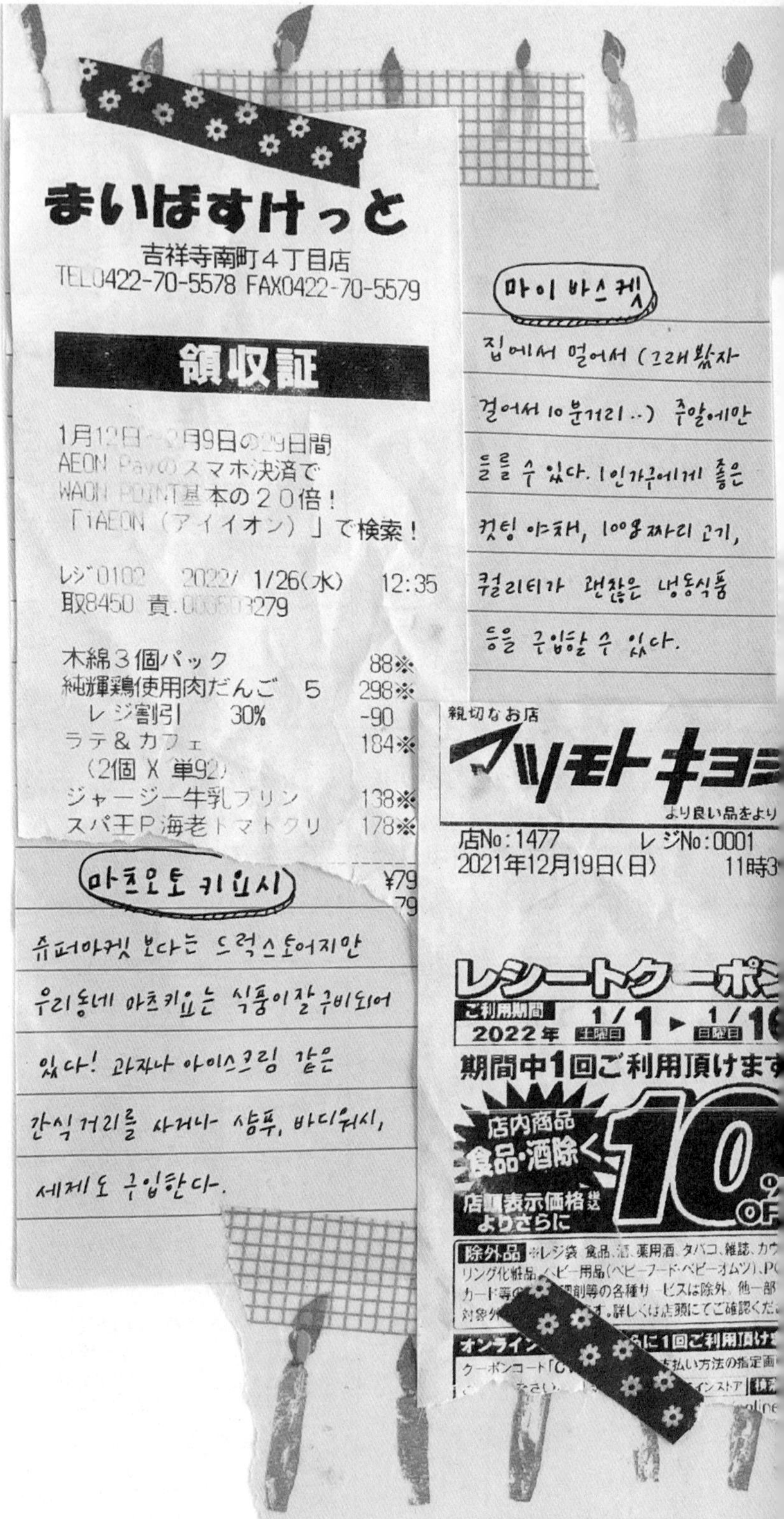

마이 바스켓

집에서 멀어서 (그래봤자 걸어서 10분거리..) 주말에만 들를 수 있다. 1인가구에게 좋은 컷팅 야채, 100g짜리 고기, 퀄리티가 괜찮은 냉동식품 등을 구입할 수 있다.

마츠모토 키요시

슈퍼마켓 보다는 드럭스토어지만 우리동네 마츠키요는 식품이 잘 구비되어 있다! 과자나 아이스크림 같은 간식거리를 사거나 샴푸, 바디워시, 세제도 구입한다.

우리동네 슈퍼마켓

☆ 평소에 자주가는 슈퍼마켓 기록 ☆

오다큐 오엑스
odakyu OX

똑같은 물건을 비싸게
팔아서 조금 의아한 곳.
그럼에도 여기를 자주 들르는
이유는 상냥한 여직원분이
계시기 때문이다.
내가 가끔 들를 때마다
항상 따뜻한 목소리로
계산응대도 해주시고
웃는 얼굴로 대해주셔서
나까지 정화 되는 느낌이다.
오다큐 공홈에 칭찬글 올려야지..
여기는 조리식품이 맛있다.
메뉴는 매일 바뀌는데,
타코야키가 있는 날이면
왠지 횡재한 기분이다.
이거 쓰다보니까 또 먹고싶네.
아! 그리고 오다큐 오엑스 앞에
야키토리나 카레 트럭이 오는 날이 있다.
냄새가 우지 좋다 GOOD~♡ 야키토리는 딱 한 번 사먹어 봤는데
냄새만큼 맛있더라 ☺ 다음엔 카레 도전-!! ♬

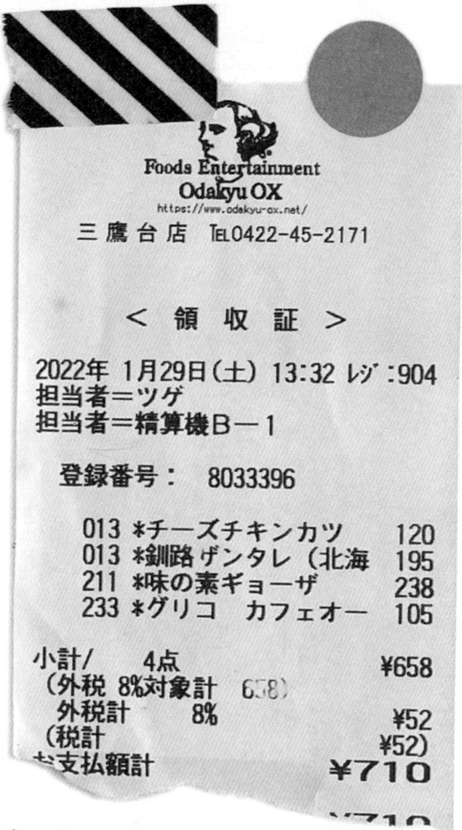
Foods Entertainment
Odakyu OX
https://www.odakyu-ox.net/
三鷹台店 TEL0422-45-2171

＜ 領 収 証 ＞

2022年 1月29日（土）13:32 レジ :904
担当者＝ツゲ
担当者＝精算機B－1

登録番号： 8033396

013	*チーズチキンカツ	120
013	*釧路ザンタレ（北海	195
211	*味の素ギョーザ	238
233	*グリコ カフェオー	105

小計/ 4点 ¥658
（外税 8%対象計 658）
外税計 8% ¥52
（税計 ¥52）
お支払額計 ¥710

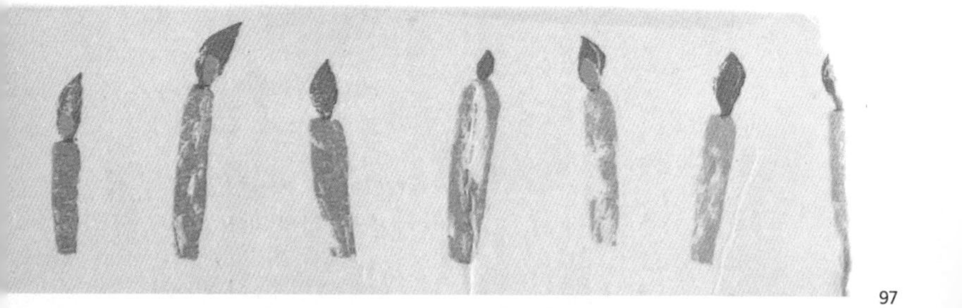

편의점 어묵

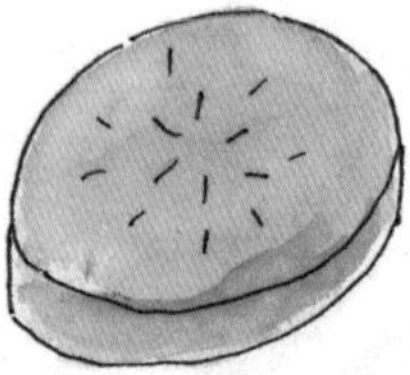

다이콘

두껍게 자른 무. 사실
별로 안 좋아한다.

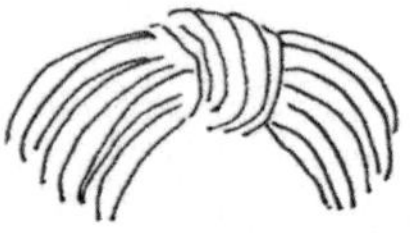

우스비 곤약

곤약 타래를 묶은 어묵.
이끌이끌 식감이 재있다.

치쿠와부

꽃잎 모양이 생각난다.
쫄깃쫄깃한 게 특징이다.

모찌 킨차쿠

겉은 유부, 속은 쫄깃한 떡이 가득!
어묵 살 때 이건 꼭 산다.

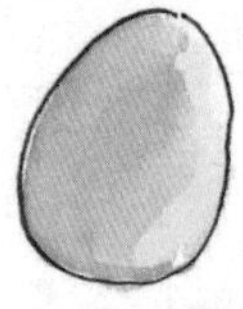

다마고

삶은 달걀이다. 노른자가
퍽퍽해서 국물이랑 같이 먹는다.

타코

타코 → 문어라는 뜻.
말 그대로 문어 어묵.

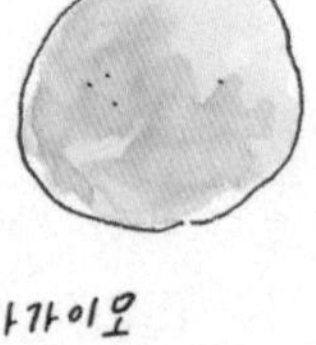

자가이모

포실포실한 감자를
어묵 육수에 끓인 것.

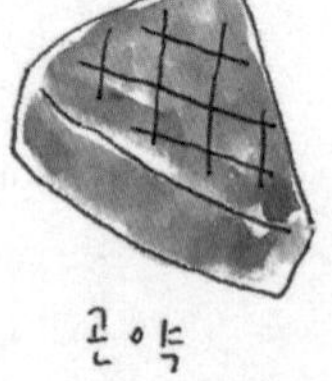

곤약

특별한 맛은 아니지만
없으면 심심하다.

추운 겨울을 그나마 즐겁게 해주는 편의점 어묵.
겨울이 끝나기 전에 많이 먹어둬야지!

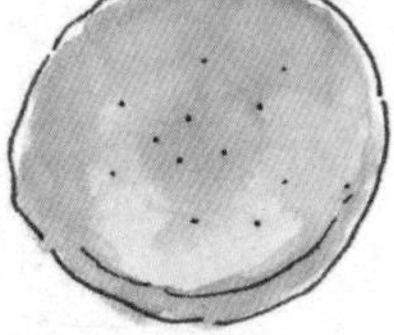

사츠마아게
생선살을 기름에 튀긴 어묵.
호불호 없을 것 같다.

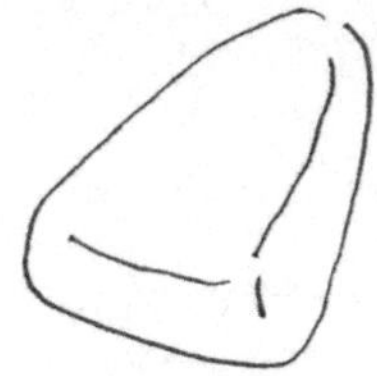

한펜
새하얗고 뽀얀 자태.
사실 이상하게 손이 잘 안 간다..

지쿠와
어묵하면 이게 제일 먼저
떠오른다. 기본 어묵!

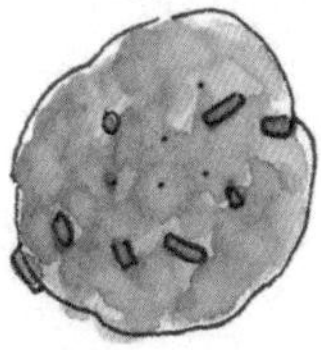

간오
두부 베이스에 당근, 우엉,
연근 등이 들어있다.

토리 츠쿠네 쿠시
닭은 끓여도 맛있고
구워도 맛있고 튀겨도 맛있네..

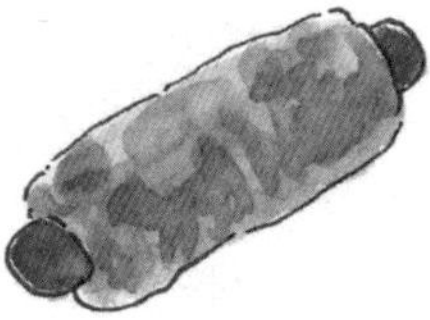

비엔나 소시지 마키
소시지를 얇은 오뎅이 감싸고
있는 어묵. 이것도 좋아한다!

아츠아게
튀긴 두부를 두껍게 썰어서
어묵으로 만들었다.

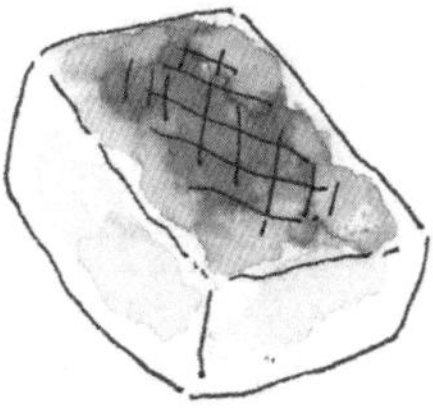

야키도후
'구운 두부'라는 뜻이다. 집에서
만들어 먹는 어묵에서도 자주 등장.

몰아쓰는 요즘일기

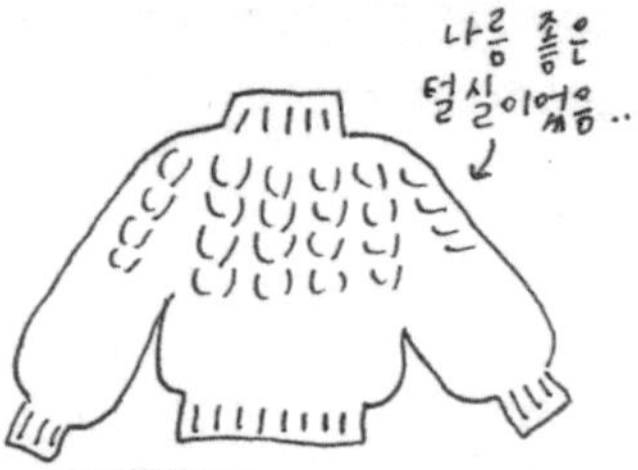

세번째 스웨터 완성

완성을 했긴 했는데.. 왜이리 작게 만들어졌지? 분명 도안대로 다 맞춰서 뜬건데 XS 사이즈처럼 되어버렸다. 루즈핏을 생각했건만 거의 쫄티핏이라서 살짝 충격 받았다.. 뭐가 문제였을까..? 그래도 완성은 했어..!

네번째 뜨개

쫄티핏 스웨터의 충격이 다 가시기도 전에 새로운걸 시작하고있다. 이번에는 내 거 아니고 아츠시 거다!

XL 사이즈로 만들다보니 털실이 무려 18개나 필요하다! 일본에 내가 쓰고싶은 털실 재고가 하나도 없어서 영국 직구했다. 아직 주머니도 안 달았고 갈길이 멀지만.. 신기하게 아츠시 옷 만들땐 대충 만들어도 사이즈가 딱 맞는다. 급하게 만들면 망한다. 천천히 만들어서 선물해야지~~

최근 영화

Amazon 프라임에 가입한지 두달째. 유료로 영화도 감상할 수 있는 모양이다.

아마존 프라임에서 처음으로 감상한 영화는 한국영화인 '국제시장'이다. 한국에 살았을 때는 한국 영화를 전혀 안 봤는데 슬슬 한국이 그립긴 한가보다. 한국은 도대체 언제 가나~

일본 재고품절로 영국에서 직구한 털실.. 의외로 일주일 만에 도착했다!

NEW HAIR

얼마전에 머리를 폈다.
항상 앞머리가 있거나
파마머리 였는데 이런
청순한 머리는 난생 처음이다.

Before

작년 여름 이후로
앞머리기르기 도전중..
그리고 애매하게 남아
있는 푸석푸석 파마..

After

앞머리 기른 건 성인
되고나서 처음이다!
게다가 곧은머리라니..!! 거울
볼때마다 깜짝깜짝 놀란다.
저.. 누구세요...?

일본에 처음왔던해에 우연히 만난 한살위 언니.
성격도 취향도 나랑정반대인데
그게 또 편해서 금방 친해졌다!

에리언니랑 거의 한 달 안에
만나서 저녁식사를 했다.
우리가 시부야에서 처음 갔던
카페인 자리가니 카페―!
나는 카파오라이스를 먹었다.

태국식 고기볶음 덮밥. 태국 음식점 가면
이것만 시키는 듯..

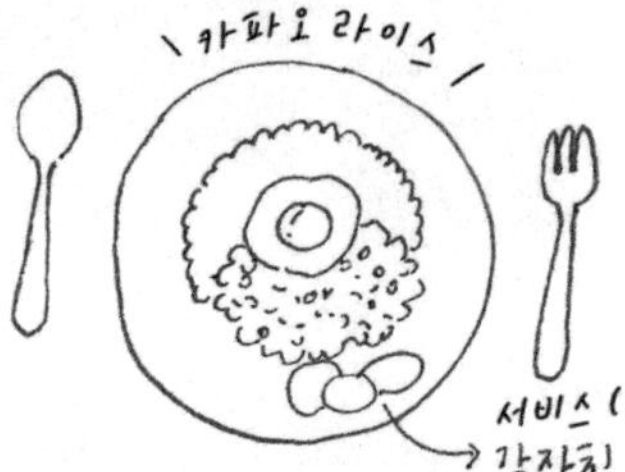

반숙계란후라이가 올라간
음식은 대부분 좋아하는 듯??
아니 이게 아니라.. 오랜만에 언니
만나서 진짜 재밌었다. 나랑너무
반대라서 그런가 매력적으로 보인다.
또 만나고싶다―!

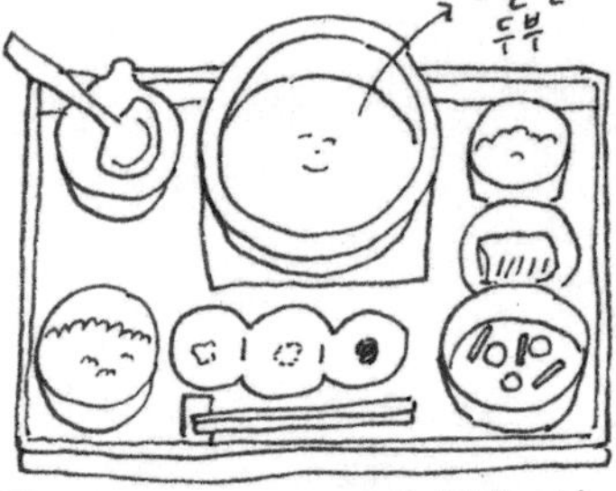

① 저번달에 회사 뜨개모임 분들이랑
다녀왔을 때는 두부정식을 먹었다.
두부를 마음껏 먹었다 ♬

스크램블 스퀘어 14층에 있는
일식당 겸 카페. 체인점 같은데
가게 이름을 어떻게 읽는 건지
잘 모르겠다. 카구라자카사료..?
강아지 사료 아니고 茶寮이다.
차가 있는 공간이라는 뜻으로
생각하면 되려나?

② 토모코상이랑 다녀온 날.
평일이라 그런지 한정메뉴인
12종 반찬 정식을 주문할 수 있었다!
시부야에서 이렇게 조용하게
보낼 수 있는 공간은 찾기 힘든데
여기는 앞으로도 자주 올듯?!

금요일의 시부야

SHIBUYA

내가 시부야 뒷골목이라고 부르는 곳. 카페랑 밥집이 많다.

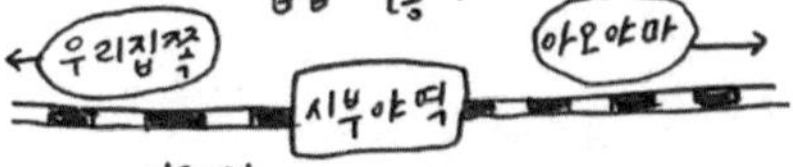

도쿄올림픽 준비중이라 한창 공사중이다.

올해 첫 영화관

회사 끝나고 나서 아츠시씨랑 약속이 있었던 금요일. 헐레벌떡 퇴근하고 나가보니 아츠시가 영화 티켓을 내민다! 이와이슌지 감독의 「라스트 러브레터.」

이와이슌지 감독은 「러브레터」로 처음 접해서 어쩌다가 비교적 초기작인 「피크닉」까지 찾아볼 정도로 요새 푹 빠져있는 감독이다. 그런 취향을 알아 봐주고 내가 좋아하는 감독의 최신작 티켓이라니..! 영화시간까지 널널해서 시부야 근방의 고양이 카페도 다녀왔다. (뜬금없지만 크큭)

영화자체는 그냥그랬다! 내용이 전혀 기억에 안 남는다. 다만 엔딩 OST가 좋았던건 확실하다. 무튼, 영화 시간이 될 때까지 산책했던 시부야의 밤거리랑 차가운 공기가 좋았다. 한 겨울인데 추운것도 모르고 몇시간을 걸었는지 ☺

생일축하해
아츠시

1월23일

1월 23일은 아츠시의 생일이다. 123이라 외우기 쉬운 날짜다. 올해도 생일 축하합니다!

Roppongi hills
롯폰기 힐즈

작년엔 스카이트리, 올해는 롯폰기힐즈. 특별한 날이라 평소에 잘 안가는 동네인 롯폰기에 데려갔다.
↳ 왠지 으리으리한 느낌..
회사원도 많고 높은건물도 많고.. 하여튼 진짜 도시같은 느낌이다.

원래는 '스카이덱'이라는 야외 전망대에 가려고 했다만 바람이 너무 많이 불고, 갑자기 눈까지 와서 스카이덱 입장이 갑자기 막혀버렸다!!! 날씨운 참 안좋은 우리들 하하하 멋진 야경을 보여주고 싶었는데 실내 전망대에서 뿌연 풍경만 구경했다.

우와—!
↑ 그래도 나름 신난 두명

저녁식사

미리 알아봐둔 양식당에서 정말 맛있는 함바그 정식을 먹었다. 어째 아츠시씨 생일인데 내가 더 신난 느낌 ☺ 올해도 잘 부탁합니다—!!

2월

새로운 가게 발견 ①

기치조지

오우미야

기치조지역 근처의 오래되고 근사한 킷사텐.

여름에는 계절한정으로 빙수나 크림소다 등이 나오는듯하다.

신호등 건널 때마다 눈길이 갔던 가게. 건물 모퉁이에 이런 킷사텐이 있는건 요즘엔 찾아보기 힘든 구조라던데…! 많이 봐둬야겠다.

퇴근후에 잠깐 들러서 아이스커피랑 피자토스트~

두꺼운 식빵

직원분들의 복장이 매우 멋짐!!

검은 앞치마가 멋지다.

새로운 가게 발견 ②

니시오기쿠보

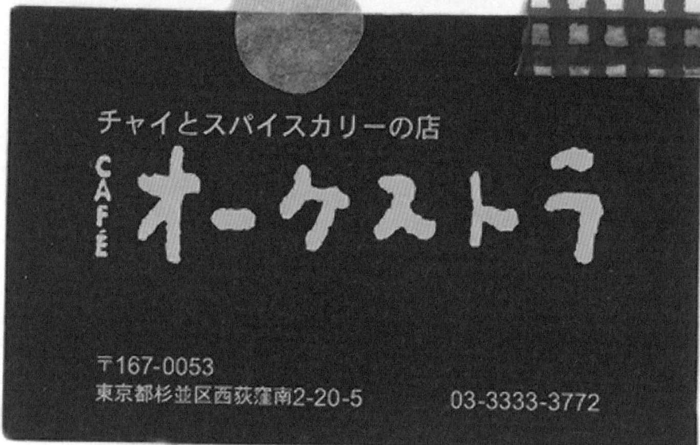

도쿄에서
제일
좋아하고
자주 가는
두 동네인
기치조지,
니시오기쿠보.
아직도
들러야할
가게가
많이남았다!

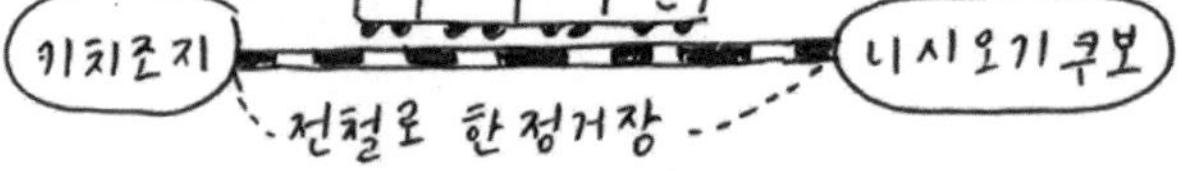

カヤシマ

카 야 시 마

일본드라마 '고독한 미식가'에서 나왔던 오래된 경양식 가게. 기치조지역에서 걸어서 10분이 안 되는 곳에 있는 곳이다. 메뉴 주문과 동시에 주방에서 들려오는 음식 만드는 소리가 정겹다..

오므라이스 세트

카야시마는 메뉴가 많다. 카레, 필라프, 스파게티 등등.. 뭘 먹을지 고민하다가 겨우 고른 오므라이스. 촉촉한 계란이 푸짐하고 잘 볶아진 밥이 아낌없이 나오는 메뉴였다.

\ 오므라이스 /

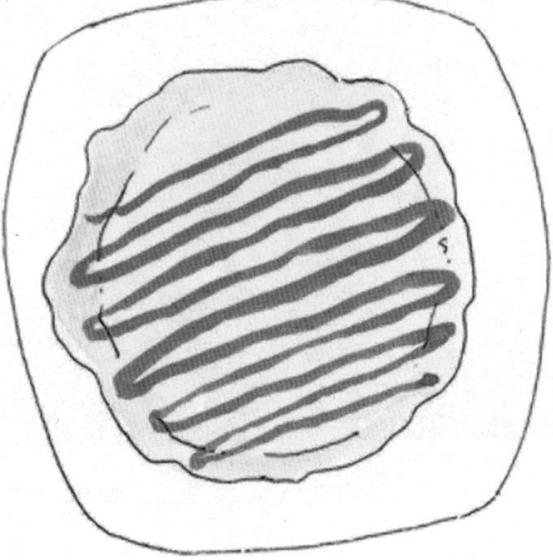

/ 세트메뉴 쇼가야끼 \

생강과 간장소스를 듬뿍 넣고 구운 돼지고기 요리. 오므라이스를 시켰는데 고기요리가 또 나온다. 눈이 번쩍 뜨일 만큼의 특별한 맛은 아니지만 저렴한 가격에 이렇게 배부르게 먹을 수 있다니!

한국에서 자주 갔던 김밥천국이 생각나는 맛 ---→

세트메뉴 미소시루

김밥천국에서도 음식을 주문하면 된장국을 내어줬던 기억이 난다. 엄마가 조미료 덩어리니까 많이 먹지 말라고 하셨는데..

나폴리탄 세트

나폴리탄

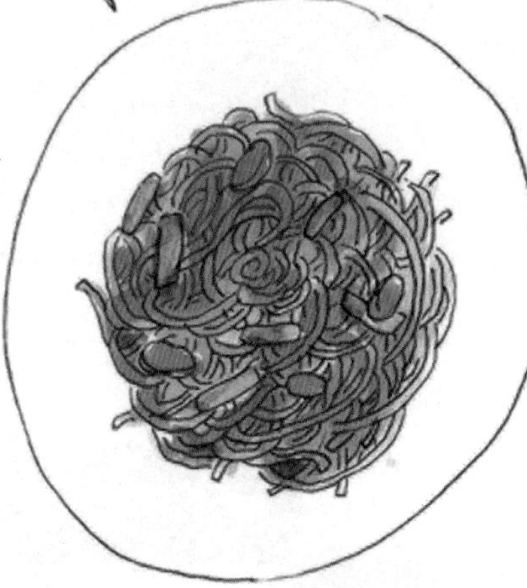

난 일드를 안 봐서 모르지만 '고독한 미식가'라는 드라마에 카야시마의 나폴리탄이 나왔다고 한다.
나폴리탄은 토마토 케찹, 피망, 비엔나소세지 등을 넣고 볶은 스파게티이다.

세트메뉴
미소시루

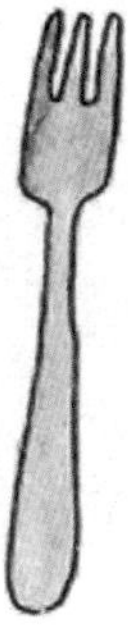

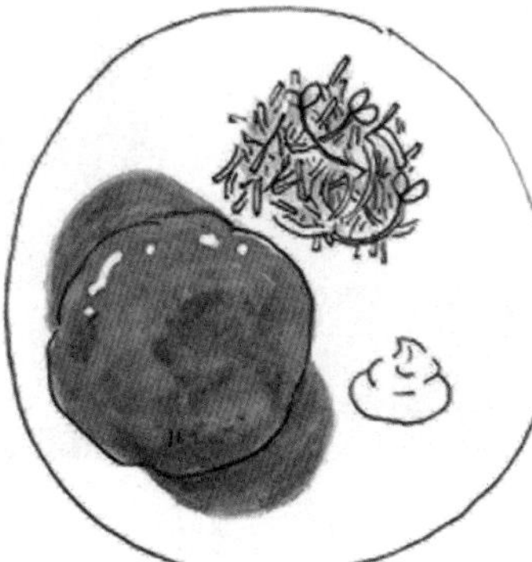

세트메뉴 함바그

세트
음료

HOT /
ICED
중에서
고를 수 있다.

아이스홍차!

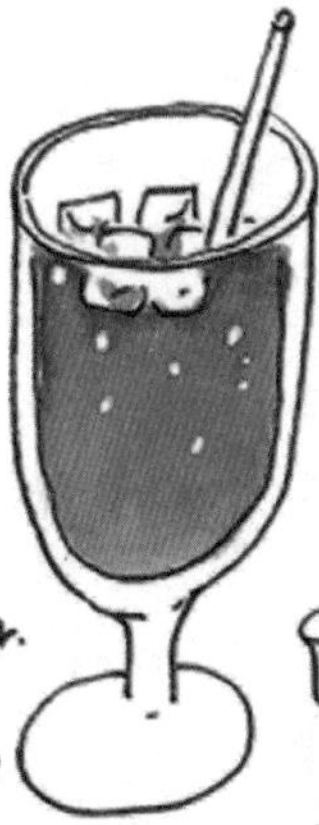

프링

세트메뉴를 주문하면

메인요리 + 서브메뉴 + 미소시루 + 음료

이게 전부 나오는 카야시마. 만원의 행복!
음료는 커피 / 홍차 중에서 고를 수 있다.
모든 메뉴가 평범하고 소박하게 맛있는 곳.

CAFE

영국실

가게 이름은
영국실인데
메뉴에 "아메리칸
쿠키세트"가 있는 이유는…?
손님한테 관심이별로 없는
직원분들이 계시는 곳이라
스타벅스처럼 작업 하러
와도 좋을 것 같다.

喫茶館
英國屋

[領収書]
喫茶館 英國屋 センター街店
兵庫県神戸市中央区
三宮町3丁目9−7

2022/
レジ
人数
伝票
取引

ナオ

オム

●C

¥300	2点	¥600
小計	4点	¥2,100

合計	¥2,100
(内消費税等	
(10%標準対象	
(内消費税等	
現金	¥2,
お預り	¥2,100
お釣り	¥0

上記正に領収いたしました

카레오므라이스랑 고민하다가
주문한 하야시 오므라이스.
배고플때 먹으니까 온세상
맛있음을 응축한 맛이 났다.
딱 음식점 맛! 이런게 또
집에서 먹는거랑 다른
맛있음이지 ♡♡♡

..주말.. 조각들

거의 일년만에 다녀온 킷사 요시다의 젓가락 포장지.

젓가락 포장지에 가게이름(그것도 로고..!)이 프린트되어있는 곳은 다시 한번 생각하게된다.

타코야끼랑 비슷한데 계란이 많이 들어가서 더 부드러운 아카시야끼. 같이 나오는 맑은 국물에 찍어먹는다. 츄르릅-!! 온몸이 녹는 맛!!

COFFEE & REST LOUNGE
明石銀座通 TEL078-917-

KIDDY LAND
キデイランド三宮店　1階
TEL : 078-392-3301

デイランド三宮店　1階
ざいます。
) 19:25 No:0001

ばけ外	¥1,300
伐!外	¥1,300
ニデ外	¥220
ンテ外	¥100
バー外	¥600

0.00
0.00

KIDDY LAND

동생의 요청으로 농담곰 이라는 캐릭터의 굿즈를 샀다.

한국에서 카카오톡 이모티콘같은걸 출시했다가 사업을 철수한 모양인지라 이제한국에서는 구할 수 없다는듯..

최근 식사 기록

시국이 시국인지라 거의 몇 주째 재택근무하는 요즘..
집에서만 지내면서 만들어 먹은 것을 기록

	MON	TUE	WED
아침	 ·구운식빵에 버터 ·사과 ·스크램블에그 ·샐러드 ·루이보스티	 ·구운식빵에 버터 ·요거트에 딸기/사과 ·샐러드 ·아이스 카페오레	 사과요거트 억지로라도 야채 먹으려고 노력중
점심	단골 빵가게에서 먹고싶은 빵을 잔뜩 사먹었다. 	낫또랑  그냥 밥... 귀찮았다.	미스터도넛 애플시나몬 & 올드패션 
저녁	마트에서 사온회. 예쁜접시에 담음 	 ·오야코동 ·두부시금치볶음 ·미소시루 ·샐러드 ·딸기	 ·간장계란장 ·샐러드 ·미소시루(고구마 넣음)

제일 많이 구입한 식재료 : 계란

처음 구입해본 식재료 : 전갱이, 고등어

잘 산 식재료 : 화이트와인, 맛술(미림), 콘소메맛 과립형 조미료

밍밍한 간을 서양식 맛으로 바꿔주는 마법의 가루.

THU	FRI	MEMO
전날 저녁에 남았던 고등어 한쪽을 마저 구움  생수 / 낫또랑 흰쌀밥	 낫또랑 흰쌀밥 / 반쪽 / 간장 계란장 / 한번에 많이 만들어두니 아주 편한 반찬이 되었다.	밥 만들어먹기 귀찮은 아침엔 낫또랑 밥 아니면 식빵이다.  그냥 식빵은 맛이 없는데 버터 한조각 올려주면 최고
구운식빵 & 버터  토마토 / 구운 아스파라거스 / 딸기요거트	생딸기우유랑  딸기 많이! / 단골빵집 앙버터프랑스	구마모토산 토마토  너무너무 예쁘게 생긴 토마토를 샀다. 방울토마토보다는 크고 그냥 토마토보단 작다. 장난감같이 생겼다. 맛도 좋다!
 방울토마토 샐러드 / · 양파 생강 돼지구이 · 미소시루 · 샐러드 · 간장계란장	 비프스튜 / 반숙계란(온센타마고) 추가했다. ⊕ 두부가득 미소시루	아침에 대충 때우고 저녁은 거의 폭식 o_o 이러면 건강이나 체중관리에 별로 안좋다는데.. 식습관 관리를 해야할듯하다. ⊕ 처음 해보는 요리가 많았던 주간♡

얼렁뚱땅 도시락 기록

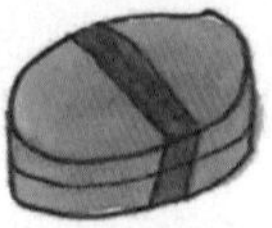

그전에 구입했던
무인양품의 도시락 통.
든든한 크기다!

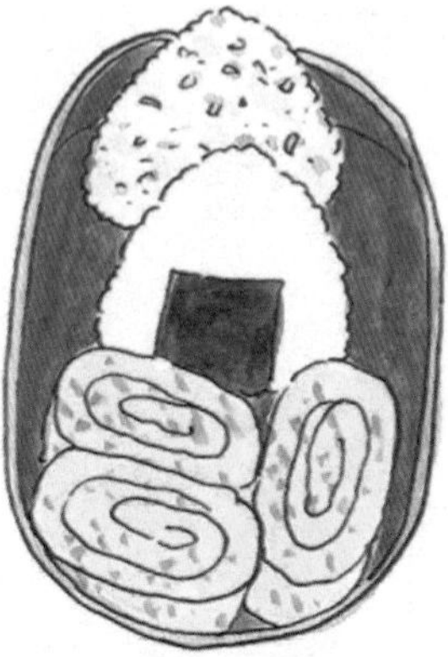

월요일

- 연어후레이크 오니기리
- 소금 오니기리
- 소송채라는 초록 야채를 넣은 계란말이

첫날 도시락은 오니기리 두 개랑
계란말이 ✧ 오니기리 예쁘게
만드는게 되게 힘들구나..
마트에서 사온 연어 후레이크가 아주
유용하게 쓰이고 있다.

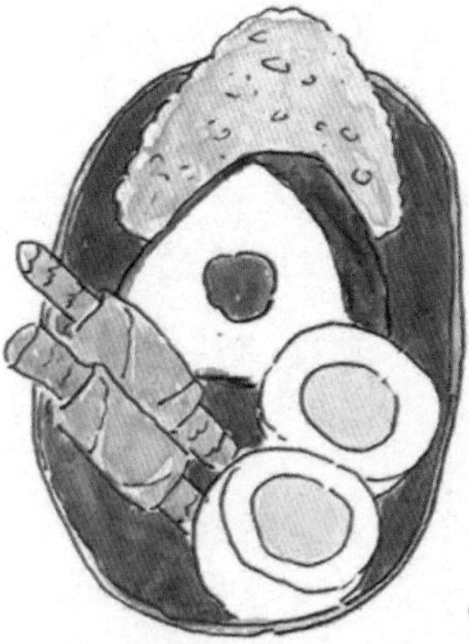

화요일

- 가쓰오부시 & 간장 오니기리
- 아카시바 오니기리
- 아스파라거스 베이컨말이
- 반숙 계란

오니기리는 소금, 참기름, 참깨를 밥에
잘 섞은 걸 기본으로 한다.
거기에 기호대로 가쓰오부시나 간장,
좋아하는 재료를 넣고 만들기!
그리고 랩을 이용하면 오니기리가 예쁘게
만들어진다.

수요일

- 아카시바 (매실장아찌 느낌)
- 검은깨를 뿌린 흰쌀밥
- 연어구이
- 시금치볶음
- 비엔나 소시지 구운것
- 계란말이

저녁식사를 준비하고나서 남은
재료를 활용하기 시작

매일 챙길줄은 몰랐는데
어쩌다보니 성실하게(?)
꾸준히 챙기고 있는 도시락

목요일

- 소금 오니기리
- 가쓰오부시 오니기리
- 소시지 감자 조림
- 시금치 버섯볶음

이런 모양을 '타와라'라고 부른다고 한다.

Tawara

삼각형 오니기리가 이 도시락 통에 잘 안맞는것 같아서 모양을 바꿨다. 알맞게 들어가는 느낌~~

금요일

- 오야코동
- 시금치 두부볶음
- 아카시바

인생에서 처음으로 만들어본 오야코동. 닭고기랑 계란이 동시에 들어간 음식이라 부모와자식 덮밥이라는 재미난 이름이 붙었다. 간장이랑 맛술, 설탕을 적절히 넣었더니 그럴듯한 맛이 났다!

월요일

- 검은깨를 뿌린 쌀밥
- 고등어 구이
- 간장 계란장
- 브로콜리 삶은것
- 삶은 고구마 얇게 썬것

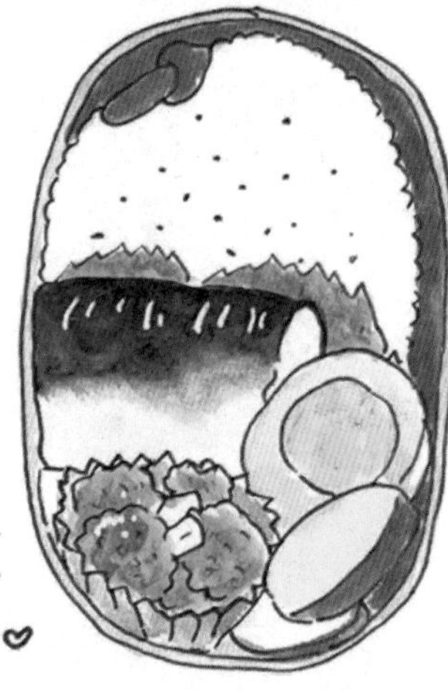

몇년전 한국에서 유행했던 레시피인 간장 계란장을 만들었다. 마늘맛이 너무 강하게 만들어졌지만 촉촉한 계란 노른자가 완벽했다 ♡

1박 2일 에노시마

시부야 → 오오후나 → 에노시마

시부야

퇴근하고나서 아츠시씨랑 만나서 바로 출발~! 진짜 피곤한 한주였는데 여행가는거 생각하고 열심히 일했다!!

오오후나

예약해둔 숙소가 있는 곳. 도쿄에서 전철 타고 한시간 정도 걸린다. 한적한 분위기에 숨이 탁 트이는 기분!

에노시마

도쿄 근교의 바다 라면 제일 먼저 생각나는 에노시마. 관광객이 무지 많지만 한번쯤은 가도 좋은 듯.

숙소 note

시바견이랑 고양이가 같이 지내는 귀여운 숙소였다. 둘다 사랑을 많이 받고 자랐는지 두둥한 살집이 참 사랑스러웠다 ☺♡♡

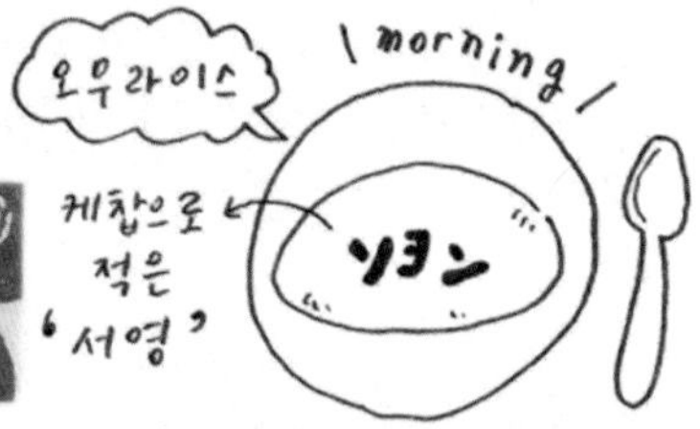

다음날 아침에 숙소근처 마트에서 재료를 사서 만든 오무라이스. (거의 아츠시씨가 만들었다 ㅎ)

에노덴! 무제한 탑승권 노리오리군

후지사와 ~ 가마쿠라 구간안에서 에노덴 이라는 전철을 무제한으로 탑승할 수 있는 티켓. 600엔이니까 무조건 사는게 득이다!

Day 2

숙소 체크아웃하고
바다 구경 하러♪

개인적인 에노시마 감상
& 주변 역들

(에노시마) 사람이 너무 많아..

(시치리가오카) 우연히 들른 곳. 바다 구경이라면 여기도 좋은듯?

(하세) 귀여운 잡화점, 카페가 많음. 오르골박물관도 있다.

(가마쿠라) 잡화점 밀집지역! 구경하다가 시간 금방 감

← (엔가쿠지)

산책하다가 사람이 많이 모여있길래 호기심에 들른 신사. 몰랐는데 소설가 나츠메 소세키도 여기서 기도했다고 한다.

바닷가라서 날씨가 맑았다가 쌀쌀했다가 오락가락했다. 자켓을 가져가길 잘했다!!

봄

3월

요즘 옷장 1

BEAMS BOY
얇은 트렌치코트

BEAMS BOY
단추가 많은 빨간 카디건

RAY BEAMS
약간 우리수 재킷

POU DOU DOU
꽃무늬 원피스

POU DOU DOU
하늘하늘 티셔츠

MUJI
챙이 넓은 버킷햇.

LEE
빈티지샵에서 발견한
튼튼한 스웨트 맨투맨

BEAMS BOY
속에 받쳐입는 티셔츠

uniqlo U
데님 오버핏 셔츠

요즘 옷장 2
BEAMS BOY
디테일이 귀여운 스커트
BEAMS BOY
어른스러운 와이드 팬츠
FREAK'S STORE
일자핏 청바지
신발장
ZOZOTOWN
ALBEROLA
HARUTA
CLARKS
ADIDAS
other
MUJI
꽈배기 양말
가방
L.L BEAN
작은데 활용도 높은 손가방
트래블러스 노트
필통
열쇠
지갑

시부야 직장인 출퇴근 MAP
SHIBUYA 109
사람이 너무 많아서 잘 안 가게 되는 이치마루큐...
어떻게 해서든 여긴 지나치고 싶지 않다!!
ハチ公
시부야에서 약속 잡을 땐 하치공 앞으로!
초등학생 때 보던 애니 「슈퍼걸즈」 따라하기 ♬
하치공 동상
\ 이노카시라선 역 안의 /
STARBUCKS
곰팡이 아님!!
STAR BUCKS
신난당 ㅎㅎ
아침마다 맛차 스콘 하나 포장하면 출근할 용기가 생긴다.
시부야역
옥상 공원이 신기해
미야시타 파크
긴자 코지코너
치쿠치쿠 카페
조각케이크 체인점! 저렴하고 종류 다양함♡
고슴도치를 만날 수 있는 카페.
우에마츠 화방
현금으로 결제하면 조금 할인 된다.
치리우로
아직 가본 적 없는 케이크 맛집. 눈여겨 보는 중

일본에서 처음 다닌 회사. 아르바이트로 지원했었는데 면접 때 직원제의를 받아서 그대로 입사했다.
정신없이 지내다 보니 벌써 여기서 출퇴근 한지도 3년이 넘었다. 이럴 수가 ...
얼마전에 팀 이동과 함께 사무실도 바뀌어서 신선한 마음으로 근무중이다.
Komeda 커피
잠깐의 여유..
시부야역에서 거의 15분 정도 걸어야한다. 출근길의 15분이란..? 꽤 먼 거리…
띠용~
스콘
회 사
점심시간에 가-끔 들르는 코메다커피. 앙버터 토스트 최고♡
9시 50분쯤에는 갓 태어난 치즈퐁뒤가..!
Pain au Sourire
회사 근처에서 제일 아끼는 빵가게. 점장님은 분명히 빵을 사랑하시는 분일거다.
어우 힘들다
먹는 얘기
2F
회사 근처 STARBUCKS
지치고 피곤한 귀갓길.. 얼른 집이나 가자..
근사한 느낌의 점포라서 자주 들른다. 최애 메뉴는 소이라떼 숏사이즈!

야 — 호!
화요일이 기대되는 이유
회사 앞 빵가게가 문 여는 날이라서 치즈퐁뒤를 먹을 수 있음
가방 속에 치즈퐁뒤가 들어있다는 건 행복한 일이야
최근 관심 목록
만년필 → LAMY SAFARI
테스트 해봤는데 굵은 심이 너무 아른거린다. 으어 어쩌지-!
갈색 원목 테이블 → 원목까진 아니더라도 나무 느낌이 나는 제대로 된 테이블이 갖고싶어졌다. 내년에 꼭 장만할 수 있기를.. 열심히 일해야겠군
이번주 할일
TODO
□ 칭찬스티커 만들기
□ 아이폰 12 주문!!!
□ 밀린 일기 쓰기
□ 굿노트 스티커 공유
□ 음 딱히 없음
요새 오후만 되면 머리가 지끈지끈거린다. 어제는 안 먹던 두통약까지 먹어버렸다..
곧 고물단지 아이폰6S랑 드디어 이별이다-! 그동안 수고했다!!

KITTA

오우.. 이 귀여운 마스킹 테이프는 뭐지..!? 아직 아까워서 쓰지는 않았지만 사오길 잘했다 흐흐 전부 쓸어 담고 싶었지만 참고 참아서 딱 하나만 골랐다.

미리 잘려져 있는 타입이라서 쓰기도 편하고, 부피를 차지하지 않으니 좋다. 오늘의 잘한 소비♬

오늘의 고마움

① 전 팀에서 많이 의지했던 토요코 상이랑 다음주에 시부야역 어딘가에서 만날 것 같다. 먼저 연락해주셔서 감사할 따름이다. 기대된다~

② 참치 모닝빵 샌드위치 너무 맛있다. 감동받았다.. 치즈롤빵도 맛있는데 이것도 너무 내 취향이라 보물을 발견한 기분이다. 맛있는 빵을 많이 만들어주셔서 감사합니다♡

Hair

파마하고 싶다아—! 4월에 미용실 갈 것..

추위가 많이 사그라들었다. 해도 길어졌다. 봄이 오기는 오는구나.

본디카페
BONDI CAFE
슈림프 아보카도 샌드위치
카페라테
아사이 볼

요요나무
ヨヨナム
돼지고기, 채소, 토마토를 볶은 요리가 메인. 달콤한 탕수육 비슷한 맛
점심세트에 같이 딸려 나오는 맑은 수프.
푸짐한 야채랑 시원한 면을 같이 먹는다. 소스 종류가 다양했다!

시타루
SITAL
아이스티
니시오기에서 제일 좋아하는
인도카레 가게. 인도 아이돌의
뮤직비디오를 틀어주신다.
샐러드
새우 카레 / 버터치킨카레
쇼안분코
松庵文庫
크렘 브륄레
아이스커피
묵직하고 담백했던
당근케이크 ♡
딱 내가 먹고싶어하던
꿈의 당근케이크.
당근케이크

마사코
하야시
시모키타자와 역
•재즈 킷사 마사코•
マサコ
MASAKO
블렌드커피
1953년 시모키타자와에 오픈. 재개발로 폐업 했다가 다시 문을 열었다!!
지금은 안 계시지만 쾌활하고 화려하셨다는 마사코씨
マサコ
스트로베리 콜라
작은 파르페

• 재즈와 킷사 하야시 •

はやし

'마사코'의 아르바이트생
이었던 하야시 씨가
만들어주신 아늑한 공간.
나긋나긋한 하야시씨,
좋은 음악, 좋은 음식 냄새.

주문할 때 아이스크림이
아주 큰데 괜찮겠냐고
물어봐 주신다.
전 당연히 환영이요ㅡ!!

HAPPY
생일축하해요
SARU
에리 언니의
생일 기념으로
요요기우에하라의
지중해 요리
맛집으로 ♬♪
목말라서
원샷한
스파클링
짠~
생굴 ♪
오늘의
주인공
에리 언니의 말에 따르면
아주 신선한 굴이라고 한다.
난 굴을 못 먹어서 구경만 …
사진기
가져오길
잘했군
나
날것을
잘 못먹는
사람ㅠㅠ
우 난 안먹어..
위로 올라가면
하타가야
요요기 우에하라
SARU
주변에 귀여운
카페랑 음식점이 많다

BIRTH DAY
셰프의 추천요리
매시트 포테이토
바질 소스
소스랑 스테이크를 쌓아먹으니까 눈물나게 감동적이다..!!
바질소스
매시트포테이토
참치스테이크
참치 스테이크
미트소스를 고기 대신 문어로 만들 생각을 하다니.. 문어소스를 생선이랑 야채와 겹쳐서 오븐에 푹 구운 요리♡♡♡
볼로냐풍 시푸드 라자냐
갑자기 퍼포먼스 비슷한거 해주심 ㅎㅎ
좋다고 넋 놓고 구경하는 바보들
오오 ~
에리 언니 생일 덕분에 지중해요리도 먹어본다~ 생일기념으로 대접한 소소한 식사였는데 좋아해주니 뿌듯하구만 ㅎㅎ 앞으로도 잘 부탁합니다~♡

시즈오카랑 후지산이랑

도쿄 시부야에서 고속버스를 타고 시즈오카로 출발했다.
버스 안에서 눈이 시릴정도로 파란 하늘을 실컷 구경했다

고속도로에서 보인 후지산

시즈오카에서 빌린 렌트카를 타고서 후지산까지 신나게 달렸다ㅡ!

COFFEE & STAY MOMOYA

오래된 민가를 개조해서
1층은 카페, 2층은 객실이 되었다.
고양이랑 시바견이
같이 살고있다.
평화로워보인다♡

물살이 흰색 실 같아서 시라이토 폭포!

그렇구만~

하얀 실
시라이토 폭포

\ 야끼모찌 /

적당히 구워진 떡꼬치.
짭조름하고
고소한 소스가
아주 잘 어울린다♫

고속도로를
달리는 내내
파란 바다가
잔뜩 보였다.

떡꼬치랑
같이 먹으려고
구입한 우유.
왠지 신선한
느낌이다~

바닷가에 왔으니까
\ 카이센동 /

海鮮丼

바다음식을 한 그릇에
전부 담아낸 듯한
해산물 덮밥~!
상큼함이 가득하다.

4월

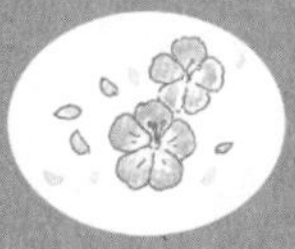

아츠시씨랑 벚꽃구경

카디건 걸치기 좋은 날씨

도시락 챙겨 나가기

시장 본 것들

왠지 꼭! 도시락을 챙겨 나가고 싶어서 저번주부터 얼마나 기대했는지 모르겠다 흐흐.. 평소에 요리를 잘 안해서 어제 영~불안 불안 했지만.. 어찌저찌 완성~!

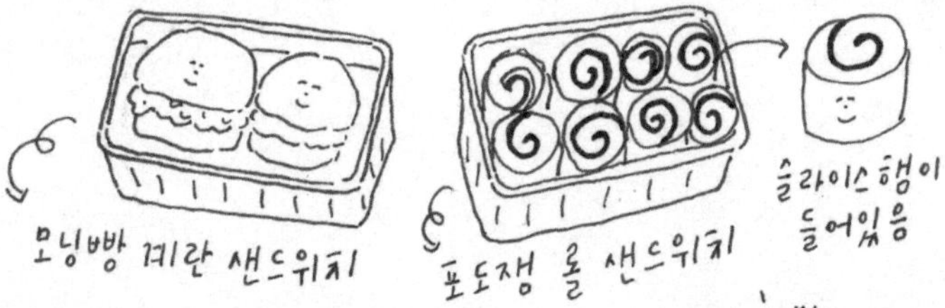

모닝빵 계란 샌드위치

포도잼 롤 샌드위치

슬라이스햄이 들어있음

무사시노 중앙공원

집 앞 이노카시라 공원을 갈까 하다가 모처럼이니까 다른 동네로 가기로 했다! 공원 가는길에 펼쳐진 벚꽃 나무가 너무 예뻐서 비현실적이었다. 계속 일만 하다가 이제야 벚꽃을 보네!

거대함
헉…!
딱히
정한 건
아닌데 둘 다
도시락을
챙겨 왔다 ㅋㅋㅋ
내가 가져온 것
아츠시 씨의 도시락
짜잔~!
가라아게 &
방울토마토
비엔나
소세지
유카리,
오니기리
향기가
좋다!
계란말이
유부초밥
우메보시 오니기리
슬라이스 햄
오이말이
실제로 처음 보는 2단 도시락
오늘을 위해서
도시락통을
새로 샀다구~!
마치 일본어
교과서에나
등장할법한
근사한
도시락이었다.
대단한걸~!?
집으로 돌아가는 길에
발견한 수상한 카페.
직접 만들었다는 케이크,
뜨거운 블랙커피를 주문했다.
4월의 꽃샘추위가
녹는 시간이었다♡
맛차 & 쇼콜라
케이크
블렌드
커피
서비스 사브레

\ weekend /
morning

모처럼 나들이 가는 날이니까 아침도 나들이 마음으로 호텔조식스럽게 준비해보았다! 별거 없지만 뿌듯한 아침이었다~♫

新宿御苑

신주쿠교엔

\ 사쿠라 오코시 /

연못가에 쭈그리고 앉아서 매점에서 고른 간식도 먹고 벚꽃구경도 했다. 흐드러지는 벚꽃잎을 보며 잠시 멍하니 아무생각을 안하는 시간을 만들어본다.

\ 벚꽃향 크림이 들어있는 사쿠라 크레이프 /

COFFEE 西武

커피 세이부

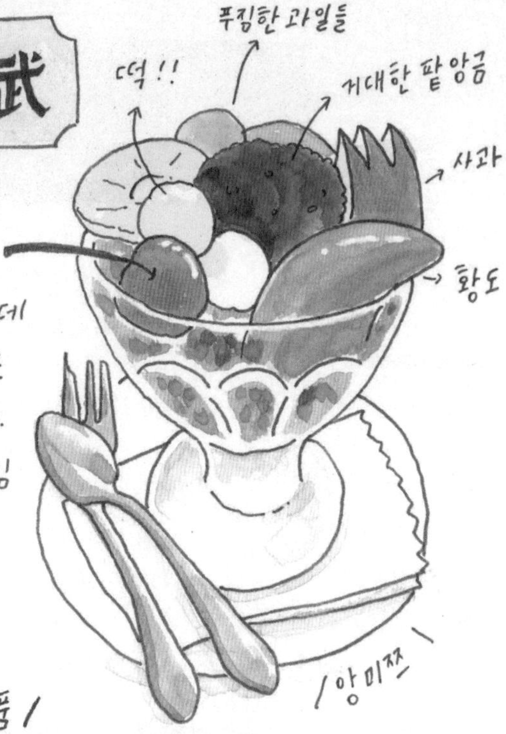

오우 ;; 가벼운 마음으로 주문했는데 절대 가볍지 않은 녀석이 등장했다. 으른들의 팥빙수 느낌이랄까..? 정말 어마어마 했다.

\ 니쿠자가 단품 /

食堂 長野屋

식당 나가노야

고기와 감자가 아낌없이 들어간 고기 감자 조림

계란덮밥, 맑은 된장국, 절임반찬까지 완벽한 정식

/ 타마고동 정식 \

너무 갑자기 일상이 바뀌었다. 마스크, 외출 자제, 재택근무, 손 씻기, 문을 닫는 가게들.. 곧 괜찮아 지려나?

코로나 19 긴급 사태 선언

한국은 겨울부터 시끌시끌 하더니 여기는 이제 큰일 난 것 같다. 긴급사태가 선언되고나서 가게들 영업 시간이 대폭 짧아지거나 아예 임시휴업하는 분위기.

약간 1월1일 신정처럼 도쿄전체가 텅텅 비어있는 느낌이다. 이 상태가 계속이다. 유령도시 같다. 기치조지의 다이야마치가 이렇게 조용한건 처음 본다. 주말 대낮인데 어떻게 이럴 수가 있지?

올해 봄은 조용하게 지나간다.

↓

은유가 아니라 정말로 조용~하게 지나간다

함바그 맛집 「키친캐롯」의 함바그 도시락

take out!

가게 안에는 못 들어가는 대신 테이크 아웃이 유행(?)이다.

평소에 좋아하던 가게들이 힘든 시기에도 메뉴를 포장할 방법을 열심히 연구하고 있다.

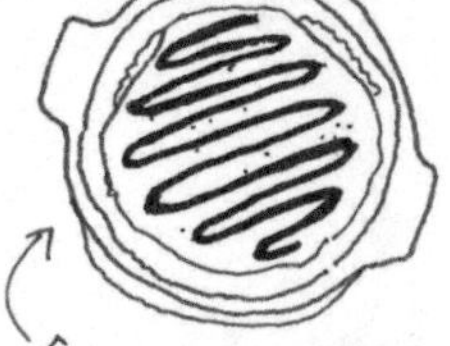

소레이유의 오므라이스

햇성식당의 가파오라이스

물론 문을 닫은 가게도 아주 많다. 조금 충격이었다. 아니 사실 많이...

니시오기쿠보에 잠깐 볼일이 있어서 지나가는데 예전에 알바했던 빵가게는 임시휴업.. 힘내세요 가야타상...

한국도 이러는지 모르겠는데 여기는 특정 시간대에 마을 구청에서 감염 조심하고 외출하지 말라는 방송이 나온다. 세기말적이야… 그냥.. 문자로 해..!!

인생 첫 재택근무 ≒

기상 → 재택근무 → 퇴근 → 어차피 집

바뀐 일상 중에서 그나마 기쁜건 재택근무를 할 수 있다는 거. 솔직히 너무너무 좋다.. 회사 사람을 안 보는것 뿐인데 이렇게 행복하다니..

원래 집에서 잘 안 나가서 그런가 답답해서 죽을것 같지는 않다!

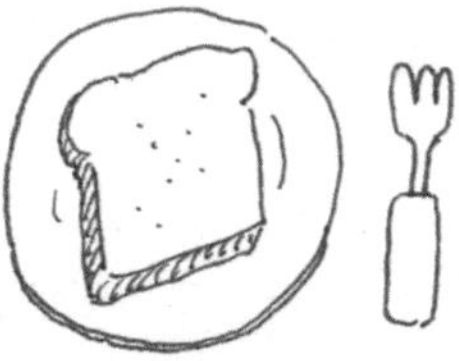

계속 집에만 있다 보니까 뭘 자꾸 만들어 먹게 된다. 오늘은 프렌치토스트!

와.. 다이소에서 20장에 100엔 하던 마스크가 이제 5000엔은 줘야된다. 어이없다!!

그와중에 계속 심심하다는 핑계로 아이패드 샀다! 낄낄 잘 쓰겠지 ☺

연차 쓰기가 아까울 정도로 어디 갈 데가 없다. 그래도 이게 맞는 거지!

한국 안(못) 간 지 2년째다. 올해는 갈 수 있으려나..

사랑이 보고싶다. 얜 나 기억 못할듯..

\도전!/

집콕요리

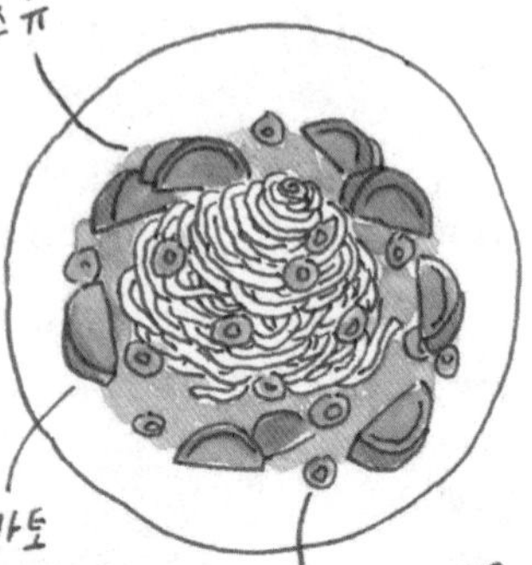

오쿠라 토마토 냉소면

끈적끈적한 오쿠라를
소면에 넣을 생각도
안 해봤는데 의외로
잘 어울린다..!

슈퍼마트 인스턴트 난 &
그린카레와 토마토카레

인도카레를 먹고 싶어서
마트에 있는 카레를
구입해 보았다.
그린카레는 다신
안 먹어야겠다.
토마토카레는 맛있었다.

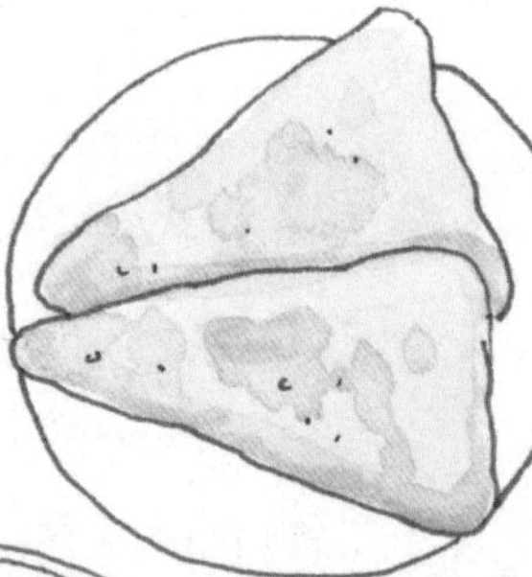

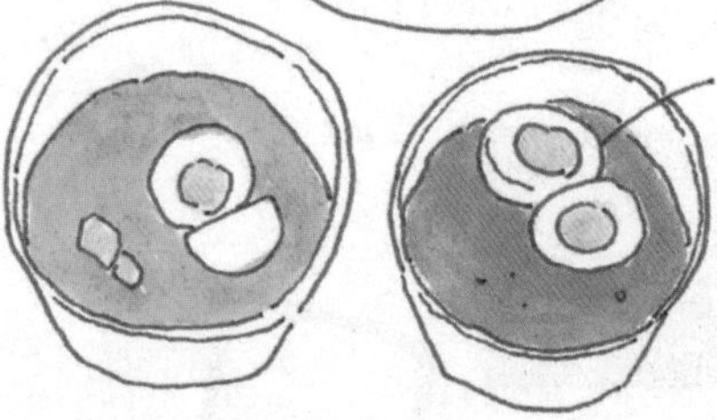

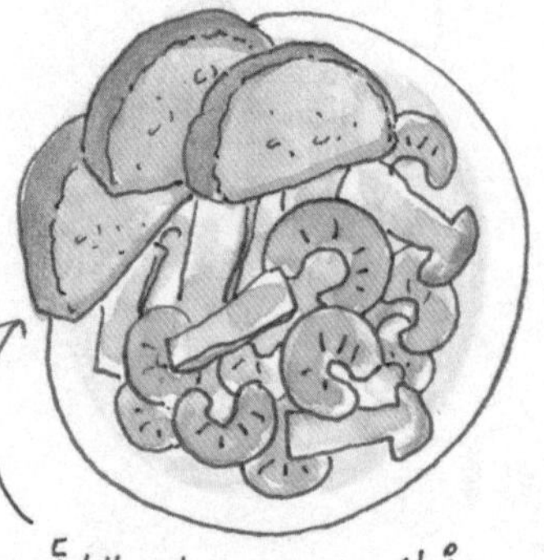

마늘을 아낌없이 넣은
감바스

업소용 마트에서 구입한
대용량 올리브유를 사용했다.
마늘도 마구마구 넣었다.
심플하고 근사한 식사 완성~

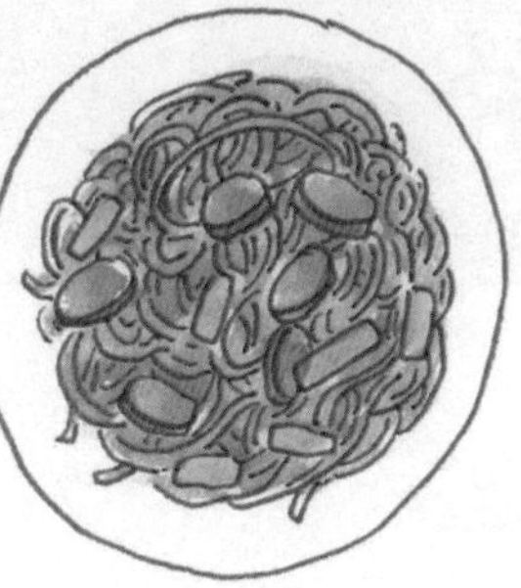

처음 만들어본 나폴리탄

비록 시판 나폴리탄 소스를 사용했지만 평소에 요리를 전혀 안하는 내가 도전해본 파스타라는 점에 점수를 주고 싶다!

의외로 맛있는 리소토

밥을 끓이고 우유를 넣고 치즈를 또 넣는다고..? 처음엔 반신반의 했는데 사먹는 리소토 같았다♬

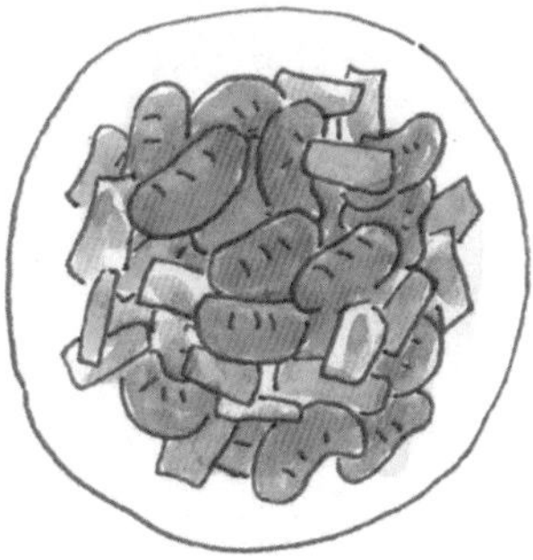

한국인이라면.. 소시지 야채볶음

아츠시씨께 만들어주었다. 달고 매워서 중독 될것 같다고 해주었다. 맵다니..!

합동 모둠튀김

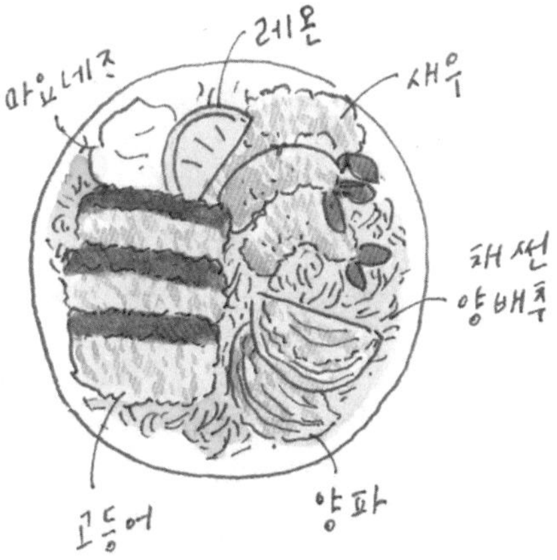

갑자기 튀김이 너무너무 당겨서 튀김가루를 사고 냉장고에 있는걸 다 튀겼다. 밑에 까는 양배추도 직접 썰었다. 튀기면 모든 게 맛있어진다 :)

MONDAY

잔잔하게
흘러가는 월요일.

날씨 맑고 선선함

일 하고 있는데 오후에 갑자기
에리 언니한테 연락이 와서
급 시부야에서 만났다 ♬
역시 2nd people은 언제 가도
근사한 곳이다 ☆ 단언컨대
시부야에서 그나마 괜찮은
카페! 요즘 같은 날씨에는
테라스 자리가 최고다

오늘은
맛차 오레
뜨거운거!
Matcha
aulait

서비스(?)
각설탕

ZARA

Summer knit

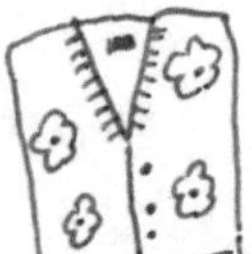

knit vest

집에 돌아가는 길에는
자라의 신상품을 구경했다.
귀여운 옷이 적지 않았다 ☆.✳.
에리 언니가 예쁘다고
안 했으면 그냥 지나쳤을 텐데
나한테 잘 어울릴 것 같다고 해서
눈여겨보고 있다 ☆

COOK

만들고 싶은 음식

- [ ] 참치 야채 비빔밥
- [ ] 아보카도 연어 덮밥
- [ ] 샐러드 파스타
- [x] 아보카도 샌드위치
- [x] 카레 우동

요즘엔 아주 오랜만에
직접 요리를 하고 있다.
요리의 전후 과정이 조금
지루하지만 맛있는 음식을
정성스럽게 만들어 먹으면
나를 잘 돌보는 기분이 든다.
요리의 세계란 위대해!

thursday

비가 억수로
쏟아짐

CAFÉ ELLE

morning

아사쿠사 역에서 10분 정도
걸으면 나오는 킷사텐.

모처럼 공휴일이라서
아침 일찍 부터
아사쿠사에 다녀왔다.
킷사텐에서의
모닝세트라니..
왠지 근사한 어른이
된 것 같은 기분이다.

햄 에그 세트

아이스 커피

아츠시 씨가
허겁지겁 먹어치운
독일 소시지 세트.
독일에 가본적은 없지만
분명 소시지가 아주 맛있는
나라겠군..!

블렌드 커피

독일 소시지 세트

ASAKUSA

FUGLEN

비가 그칠 기미가 안 보여서
급하게 들른 푸글렌.
커피 한 잔씩 시켜두고
느긋하게 폭우를 감상했다.
푸글렌이 아사쿠사에도 있다니..
왠지 큰 발견을
한 기분이군..

Pain au Sourire

회사 출근하는 길이 기대되는 거의 유일한 이유. 계절마다 한정 메뉴가 나오는 것도 즐겁다.

호기심으로 사서 먹어봤는데 쫄깃하고 고소했다.

친구들이 우리 동네에 놀러
온다면 꼭! 데려가고 싶은 곳.
커피 한잔 테이크아웃 해서
이노카시라 공원을 산책해도
정말 좋다 ☺

SIDEWALK COFFEE

여기는
무!조!건!
라테를 마셔야
한다. 진~짜
진하고 고소하다.

↑누가 봐도 집에서
방금 나온 사람..

동네 주민's Pick

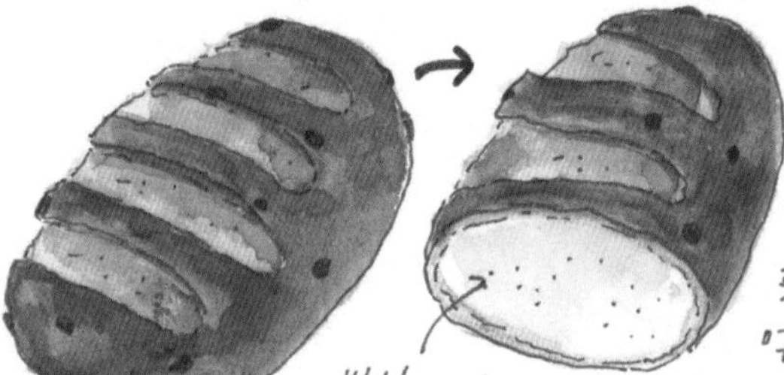

얼그레이 &
화이트초코

겉은 바삭하고 속은
포슬포슬! 한입
먹는순간 홍차 향이
가득 퍼진다 ♡

바닐라 빈이 콕콕
박혀 있다.

알포스

겉은 부들부들,
속은 쫄깃한 식감.

밀크프랑스

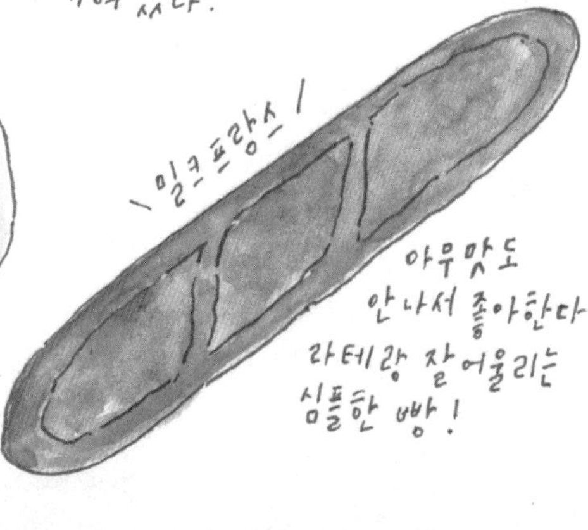

아무맛도
안 나서 좋아한다.
라테랑 잘 어울리는
심플한 빵!

날씨 맑음

아침에 더워서 눈이 떠졌다.
이제 곧 여름이 올것만 같다.
요새 회사가는길에 발견한
꽃 사진을 아츠시씨한테 보내고 있다.
아츠시씨는 꽃을 좋아해서 이런 사진을
보내주면 전부 저장하고 기억해준다

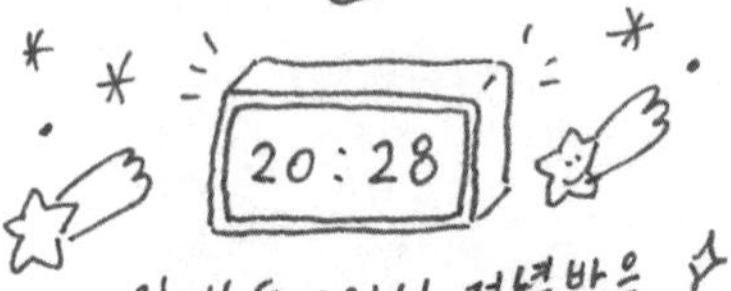

집에 돌아와서 저녁밥을
먹고, 유튜브로 아무거나 틀고
노트에 아무말을 적고 있다.
별거 없는데 왜 이렇게
행복하지!?

목요일

체감상 금요일이지만 아직
목요일이다. 그래도 이번달은
시간이 빠르게 지나는것 같다.
이번주말이 지나면 벌써
4월 말이라니 말도안돼~

오늘의 빵

시오 앙 버터

오랜만에 먹었다.
내일 또 생각날 맛!

훈제 오리 샌드위치

이것도 내일 생각날맛

키나코 파이

인절미맛 파이인데
또 생각난다..

일기는 재밌어

일기를 매일 쓰려고 한 건
아닌데 어쩌다 보니 꽤나
열심히 기록하고 있다.
나중에 읽으면 부끄러울 내용이
잔뜩이지만..ㅎㅎ
하루하루가 차곡히 쌓이는
것 같아서 뿌듯하다♡
꾸준히 적어봐야지♬

갖고 싶은 물건

Hightide의 7mm짜리 볼펜.
외형이 귀여워서 장바구니로~
나중에 이야시타파크에 가서
재고있는지 찾아봐야겠다.

오늘도 날씨 맑음

금요일

오늘 왜 주말이 아니지..?
그래도 조금만 참으면
내일은 주말이다!!

weekend

- □ 세탁기 돌리기
- □ 10:30 파마
- □ 수채화 그리기

곧 하쿠바
여행이다!

10:30~
5:30
평균수면은
7시간 정도 군..
딱 적당하다.
후후

곧 골든위크라서 괜히 행복하다.
이번에 예약해둔 숙소 이름이
'사과나무'인데 너무 귀엽다.
조식도 맛있을 것 같다♡♡
다음주까지 어떻게 기다리지!!
이럴땐 시간이 너무 느리게 간다~

morning

어쩌다보니 아침에
일찍 일어난지 일년이
다 되어간다. 나이가
들어서 그런가 왜이러지

아침에
하는 일

집안일을 하거나,
일기를 쓰거나,
아침밥을 챙겨먹거나,
도시락 만들기♬

앙버터 시오빵♥
이정도면 거의 중독..?

얼른 먹고싶어서
아침이 기대된다.
아침에 빵가게
가는 재미로 지낸다.

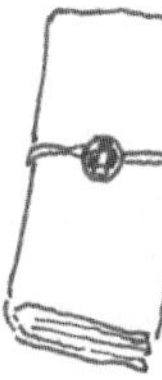

travelers
note
곧 새로운
리필을 사야지!
MD크림이
제일 좋더라~

곧 5월이라니..!!

4월은 회사일이 많이
바쁠거라고 예상
했는데 의외로
괜찮았던 것 같기도..
아냐 힘들었어.. 장하다!!

5월은 첫째주부터 연휴가 있어서
기다리기가 즐겁다♫♪

나카메구로 트노 매장에
다녀오고 싶은데 너~무
귀찮아서 그냥 회사 앞의
로프트에 들를까 한다..

NAKAMEGURO

날잡아서 다시 다녀올 것.
매우 근사한 동네 ✩✩

근사한 날씨!

GOLDEN WEEK!

드디어 골든위크다 —!

and people
— 앤드피플 —

시부야에서 그나마 갈만한 카페 ☺ ♡

회사 앞까지 마중 나오신 분

저 데님은 바로 어제 시모키타에서 구입한 건데 사자마자 바로 입고 나타난 게 왠지 웃겼다 ㅋㅋㅋ

히피 같은 (?) 스웨이드 슬립온 ㅋㅋㅋ

/마르게리타 Pizza\

의외로 너우! 맛있었던 피자. 얇고 바삭하다. 여기 오면 피자는 꼭 시켜야겠다.

← 술 안 마시는 사람들의 과일주스

해물맛이 강하다. 딱 아츠시씨가 좋아할 맛!

/안초비파스타\

...sequence...
MIYASHITA PARK

체크인을 태블릿 PC로 하다니.. 엄청 스마트하네!!
방은 생각보다 작았지만 지어진 지 얼마 안 돼서 깨끗했다.

룰루~

New Item ♡

캔메이크 canmake 펜슬 아이라이너

밤 산책하다가 충동적으로 구매했다. 극세라서 좋음!

숙소에 짐만 대충 맡기고 시부야 밤 산책했다 ☽ ☆

퇴근하자마자 짐내려놓고 바로 쉬려고 회사 근처 숙소를 잡은 건데, 산책하다가 회사 사람 마주치는거 아닌가 하고 혼자 조마조마했다ㅇ. 일 관련된 건 완전히 차단하고 싶었나보다 ☺ㅇ.

비건샐러드 & 샥슈카 세트

비건은 아니지만..ㅎ

시부야 - - - - → 하타가야

버스로 15분 정도

버스타고
하타가야로
출발-!

Paddlers
Coffee
패들러즈 커피

아츠시씨가 드울게 가고싶다고 하길래
다녀와본 패들러즈 커피. 인테리어랑
BGM 등등 카페 좋아하는 사람 취향저격!

라테 한 잔씩
주문했다.
고소하고 맛있다.
각자 할 일
하면서 잡담도
하고, 유익한 시간이었다♡

일기 쓰는 중

잡지 읽는 중

하타가야

걸어서
15분 정도

요요기 하치만구

카페에서 나온 다음에는
조금 걸었는데, 걷는 내내
헌책방도 보고 잡화점도
구경했다. 골든위크
첫째날 무사히 끝!

5월

monthly 5월

MAY

MON	TUE	WED	THU

3 카미코치 다녀왔다. 5월인데 눈 내림	4 DRIVE HAKUBA --→ Tokyo	5 TOKYO 도쿄에 돌아와서 푹 쉬었다. 황금연휴 골든위크 끝--!	6 비빔 국수 퇴근하고 나서 대충 챙겨 먹은 비빔국수
10 LUNCH BOX 당근계란 볶음밥	11 SOY 두유 많이 LATTE	12 HOT DOG 회사 앞 빵집 핫도그 최근 빠진 간식♡	13 건강검진 아침 9시30분부터 건강검진 공복으로 기다리느라 힘들었다.
17 LUNCH BOX 최근 도시락은 샐러드	18 LOFT 퇴근 후에 잠깐 들른 대형문구점 로프트. 스티커랑 마스테 구입	19 LAMY Safari 만년필 입문 잘 써짐	20 Shopping 여름에 쓸 얇은 이불 구입 비를 뚫고 다녀옴
24 / 31 Freak's Store 바지 구입 SHOPPING	25 Good note 다이어리 꾸미기 ipad 요즘 취미	26 최근은 계속 비. 6월부터는 본격적인 장마.	27 Happy Birthday 한국친구 모지 생일

FRI
SAT
SUN
MEMO
1 하타가야 나들이
ICED LATTE
날씨가 갑자기 폭우
2 하쿠바여행 DAY 1
너무추워.. 6℃
골든위크 시작! GOLDEN WEEK START
GO GO!
7 WORK
띠용~
8 어버이날
엄마랑 아빠 사랑해요
전화 & 용돈보내드림
9
오늘할일
아무것도 안하기
연휴의 후유증에 시달리는 일주일..
집중이 안됨
14 해물전 파티
에리언니랑
15 새로운 콘타츠 테이블 도착-! 야호
여름에는 그냥 테이블로.
16 사진정리
하쿠바여행에서 찍은 사진들을 정리했다.
NEW 코타츠 너무맘에든다
WIDE
21 SHIBUYA
에리언니랑 시부야데이트 금요일마다 만남
22
옷은 왜 사도사도 계속 사고싶을까..
23 크림버섯 리소토
치즈맛이 GOOD
해가 빨리 떠서 그런가 요즘엔 아침 5시에 눈이떠진다..! 부지런해지는 기분. 얼마나 갈진 모름
28 이로시즈쿠 잉크 구입
3 set
29
주말 내내 잉크로 끄적거렸다.
30 장바구니 가득
다음주 도시락재료랑 오늘저녁식재료담기
작년보다 장마가 빨라진 것 같다. 비오는 날의 냄새를 좋아해서 반갑다.

주간 레시피 ❶

니쿠 자가

고기 감자

재료
- 소고기 또는 돼지고기 400g (난 소고기를 사용했다)
- 감자큰걸로 6개, 당근 1개, 양파 1개,
- 곤약면 1봉지

간 맞추기
- 물 400cc
- 간장, 술, 설탕, 미림 각각 4큰술
- 혼다시 (가쓰오부시 맛 조미료)

① 양파, 감자, 당근은 큼직하고 먹기좋게 썰고 곤약면은 물로 씻어 둔다.

② 깊은냄비에 기름을 두르고 고기의 색깔이 변할때까지 볶다가 다듬어둔 ①번의 재료들도 가볍게 볶는다.

③ 간맞추기 재료를 넣고나서 거품이 생기면 걷어낸다. 곤약면도 넣고 중불에서 20분정도 졸인다. (중간에 재료를 섞어주세요)

④ 적당히 졸여졌다면 불을 끄고 쿠킹호일을 뚜껑처럼 만들어서 10분정도 그대로 놔둔다. (맛이 깊어진다고 함)

주간 레시피 ②

규동

소고기 → 규, 동 → 덮밥

재료

• 소고기(얇게 썰린 것) 500g / 양파 1개

★
• 물 500cc, 간장 4, 술 3, 설탕 3, 미림 조금
• 와후다시 과립형 조금 (가쓰오부시랑 다시마를 사용한 조미료)
• 생강 조금

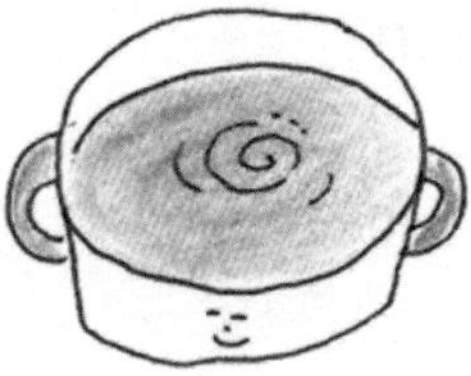

① 냄비에 ★을 넣는다.

↓

② 양파를 썰어서 중불로 5분 끓인다.

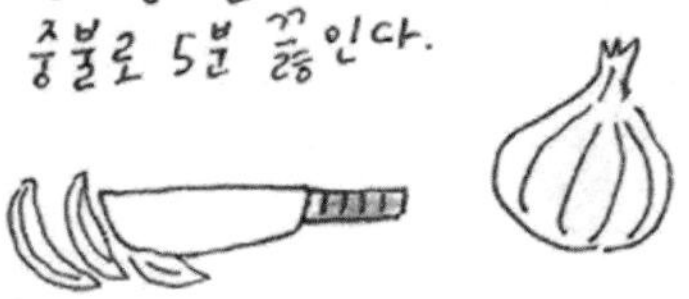

↓

③ 5분 정도 끓였다면 소고기를 투척한다. (거품은 수시로 걷어내주세요!)

↓

④ 약한 중불로 15분 정도 졸이면...

두둥!

완성

TIP 계란노른자, 붉은 생강 절임, 파 등등 기호에 맞는 토핑을 추가해주세요.

규동가게에서 먹는 그 맛!

흥분...

가든카페 Ji Ji

원래 가려고했던 카페가
문을 닫아서 어디 가지~ 하다가
우연히 발견한 곳. 밖에서 보면
일반 단독주택인데 식당이다.
우선, '가든카페'라는 이름답게
가게의 앞마당이 굉장히 귀엽다.
(사진을 많이 못 찍어와서 아쉽다.)
그리고 여기서 먹은 식사는..!

Garden Cafe
Ji Ji

またのご来店を
お待ちしております
ありがとうございました

000000#6271

和食ランチ	内¥1,380
エビFプレート	内¥1,480
(+)	内¥300
**小計	¥3,160
(内税)	¥234
個数	2個
**合計	**¥3,160**
合計	¥5,160
おつり	¥2,000

새우튀김 플레이트

점원분들도 따뜻하시고 식사는 식사대로 또 감동이었다.
여긴 나중에 또 와야 할 것 같다. 식사를 기다리는 내내 음식 만드는
소리가 분주하게 들려오는 곳. 잘먹었습니다~!

明幸園

平野店
TEL:078-961-1192

お買上ありがとうございます
またのお越しをお待ちしております

■■ 領収証 ■■

鉢篭類			
@	1,080*	1 &	1,080
鉢篭類			
@	260*	1 &	260
OSMO ﾌﾞﾙｹﾗﾑ			
@	700*	1 &	700
ﾂﾊﾞｷ			
@	1,300*	1 &	1,300
小計		4	3,340
外税対象金額			3,340
10.0%対象金額			3,340
(外消費税額 10.0%)			334
合　計			3,674
現金			4,000
お預り			4,000
お釣り			326

No:0126480446401　松本

0 126480 446401

커다란 식물 상점

묘코엔

가는카페 JiJi에서
배를 채우고나서 들른곳
최근 식물에 깊은 관심이 생긴
아츠시씨가 데려가주었다.
식물 키우는걸 좋아하는사람들한텐
이미 유명한곳인지 주차장이
거의 만차였다

이런거 잘 모르는 난 어슬렁어슬렁
구경만 했다. 아츠시씨는 아주
드물게 집중하는 얼굴이었다.

츠바키 본사이

동백꽃 분재. 동그란 이끼 덩어리가
귀엽다. 곧 동백꽃이 피어난다고 한다.

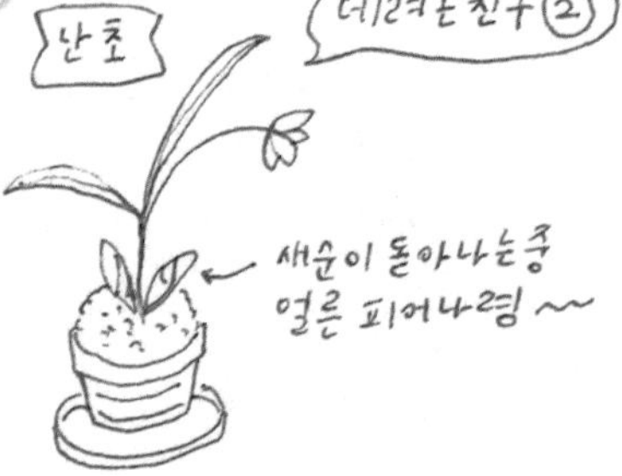

. : 귀여운 잡화가게 . :

NAiFS
나이프

인도, 태국 등에서 수입해온
잡화들이 모여있는 가게.
주방잡화를 사러 잠깐 들렀다.
구경하는 내내 얼마나 즐겁던지!
시간가는 줄
모르고 거의
한 시간 동안
구경했다..

ぎょうざ

餃子の 王将

岡本店 078-414-2263
神戸市東灘区岡本1-5-5ダイソービ
＊＊＊　仲間になろうよ！　＊＊＊
アルバイト・パート募集中
「餃子の王将　バイト」で検索
詳しい情報はＨＰで公開しています
＊＊＊＊＊＊＊＊＊＊＊＊＊＊＊＊＊

15時45分789001

ス煮 ¥660
メン ¥638
¥176

¥1,474
¥1,474)
¥134)
¥1,474
¥1,474
¥134)
3点

率(8%)適用商品

ン No.9052 2名

NAiFS
078-411-1450

部門10	¥800
部門09	¥473
部門10	¥390
部門10	¥780
部門11	¥20
現 計	¥2,463

1責 4619 17時46分

처음
들른날
소비

배고파서 근처의
중화요리 체인점인
'교자의 오오쇼'에서 점심.
칠리새우랑 라멘~

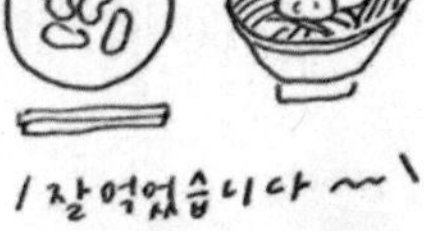

/잘 먹었습니다~\

가게앞에는 라탄
바구니들이 가득하다.
이가게에 관심이 없어도
눈이 갈수밖에 없는
신선한 비주얼이다.
가게 내부는 촬영금지인데
외부는 괜찮은듯?!

처음 들른날에 너무 고민만
하다가 못 사온 물건들이
아른거려서 또 들렀다.
이틀안에 또 다녀오게
되는거라 혹시라도 점원
분들이 기억하실까봐
살짝 조아조아
했다 ㅎㅎ
(누가 알아봐
주고 말거는걸
매우 부끄러워함)

두번째
들른 날의
소비

다행스럽게도 아무도 말 안걸어
주셔서 편하게 천천히 구경하고
아른거렸던것들도 장바구니에
차곡차곡 담았다.

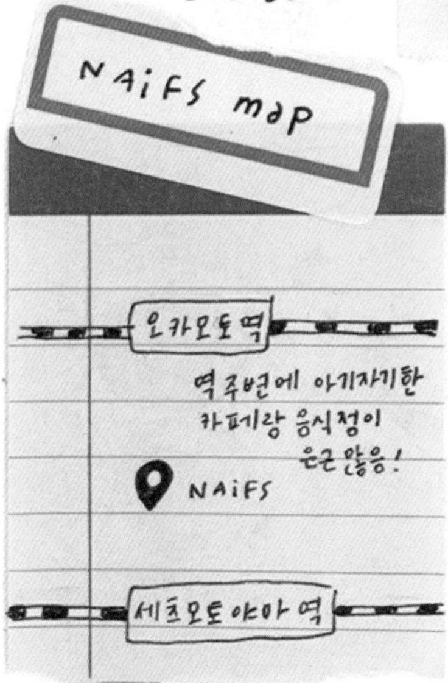

첫째날 구입 list

① 물고기모양 가죽 파우치

보자마자 첫눈에 반했다.
물고기 얼굴이랑 비늘은
손으로 직접 그린듯하다.

② 식재료 담을 바구니

감자, 양파,
당근 같은거
담아야지~♫

③ 식기 선반위에 얹어둘 천조각

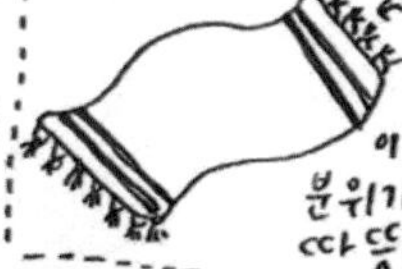

← 이 장식이
포인트다 ♡
이걸로 주방
분위기가 한결
따뜻해진 기분이다.

둘째날 구입 list

① 갈고리형 화분거치대

최근에 식물에 관심이
생겨서 화분굿즈 모으는중.

② 스테인드글라스 조명

거실에 달아야겠다!
빈티지한 카페에
있을법한 근사한
조명 ♡

③ 라탄바구니

용도는 아직 생각 안해봤지만
있으면 잘 쓸듯해서 구입했다.

하쿠바

DAY.1

5월인데 아직도 눈이 쌓여 있는 하쿠바. 날씨도, 자연이 전부인 풍경도, 도쿄랑은 너무 달라서 목적 없이 드라이브만 해도 충분히 즐거웠다. 이번 여행에서 머물게 된 숙소는 '링고노키'라는 소박한 펜션이다.
↳ 사과나무라는 뜻

이번 여행에서는 특히 펜션 오너 부부께서 정성스럽게 준비해주신 식사들은 두고두고 기억해두고 싶어서 그림으로 남겨놓는다♡

← 숙소앞에 있던
커다란 나무.
숙소 이름 처럼
사과나무였을까?
언젠가는 이렇게 자연속에
집을 짓고 흔들의자에 앉아서
뜨개질 하는 할머니가 되는
상상을 하며…
하쿠바
DAY.2
커피
신선한 요거트
오렌지주스
잘게 썬 양배추가
들어있는 계란 그라탕
버터
꿀
참치마요
매일 빵 종류가 바뀌는 듯.
둘째날 아침은 버터롤.
과일잼도 매일
바뀌는 듯. 오렌지잼도 맛있었다~

이자카야의

술을 좋아하지는 않지만 이자카야에 가는 게 두근거리는 이유는 방금 구운 꼬치 요리를 먹을 수 있으니까

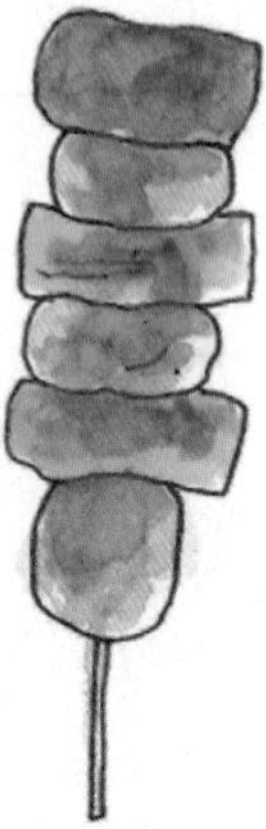

무네 네기마 쿠시

닭가슴살, 파를 구운 꼬치.
아마 누구나 좋아할 것 같은 담백한 맛.

모모 네기마 쿠시

닭고기 허벅지살 꼬치.
닭가슴살보다 조금 더 부드럽다. 이것도 누구나 무난하게 좋아할 것 같은 맛.

카와

닭 껍질 꼬치.
호불호가 갈릴 듯하다.
본인은 있으면 먹는 편.
쫄깃한 식감.

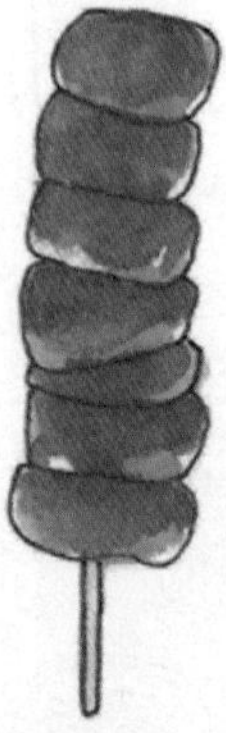

규 쿠시

소고기 구이 꼬치.
꽤 고급적인 이미지.
가격이 살짝 있다.
물론 그만큼 맛있다!

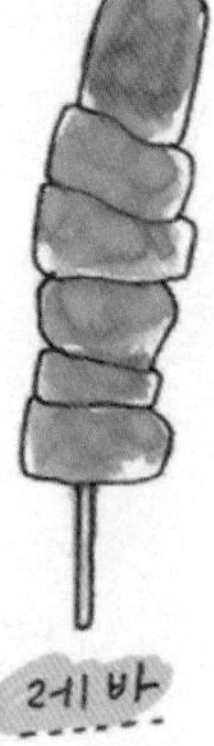

레바

닭의 간 꼬치....
한번도 안 먹어 봤다.
앞으로도 안 먹을 것 같다.
이자카야에 같이 가는 친구들은 레바를 꼭 주문하던데 무슨 맛일까..?
사실 하나도 안 궁금해-!

스나기모

모래주머니.
레바랑 마찬가지로 한번도 안 먹어 봤다.
이것도 친구들이 항상 주문하는 걸 봤다.

꼬치 메뉴

시오 츠쿠네

고기완자에 소금으로 간을 하고 구운 꼬치. 고기완자는 보통은 닭고기지만 돼지고기랑 소고기로도 얼마든지 만들수 있다고 한다.

난코츠

닭 무릎에 있는 연골. 오독오독한 식감. 착각하고 얼떨결에 주문해버린 메뉴. 그냥 그랬다.

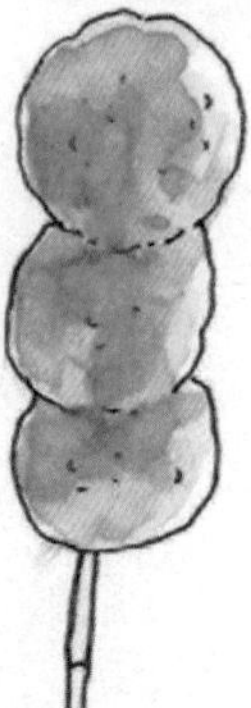

본지리

지방이 많아서 부드러운 닭의 엉덩이 부위 고기. 입안 가득 담기는 푸짐한 느낌이 최고

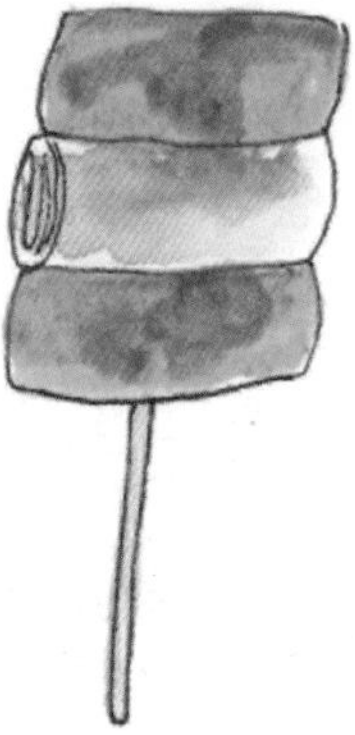

네기

고기만 계속 먹다가 가끔 중간에 시켜먹음. 그냥 파를 구운거다.

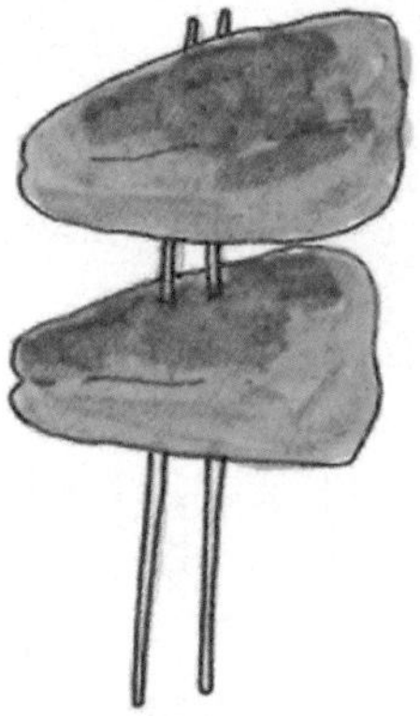

피망

최근에 피망이 좋아졌다. 구워먹으면 별로 맵지 않고 사각거리는 식감이 살아나는것 같다.

오크라 베이컨

별모양  의 채소.

사각거리는 오크라의 식감에 베이컨의 익숙한 짠 맛이 어울리는 꼬치.

입장권

대패 일러스트가 이렇게
귀여울 일인가..

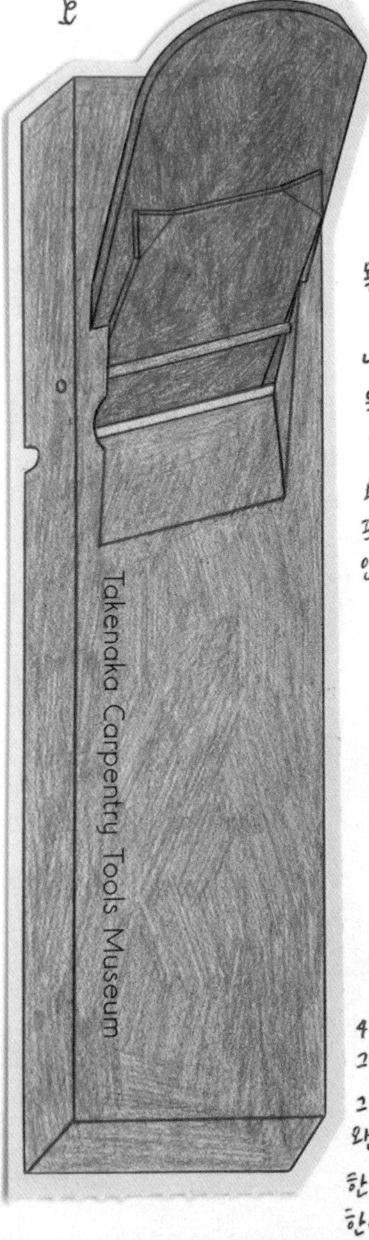

다녀왔습니다 ①

타케나카
목수 도구관

전통 수작업에 관심이 많은
아츠시씨를 따라서 다녀온 곳.
일본에서 유일한 목수 연장 박물관
이라고 한다.

목공업, 장인정신, 명공의 솜씨
이런거 전-혀 모르는 내가 봐도
나름 볼거리가 많았는데,
특히 못을 하나도 안쓰고 조립식으로
건축 된 목조 구조물이 기억에 남는다.
왜냐면 내가 지금 쓰는 무인양품 나무
프레임 침대가 딱 이런식으로
만들어진 조립식 프레임이라서...

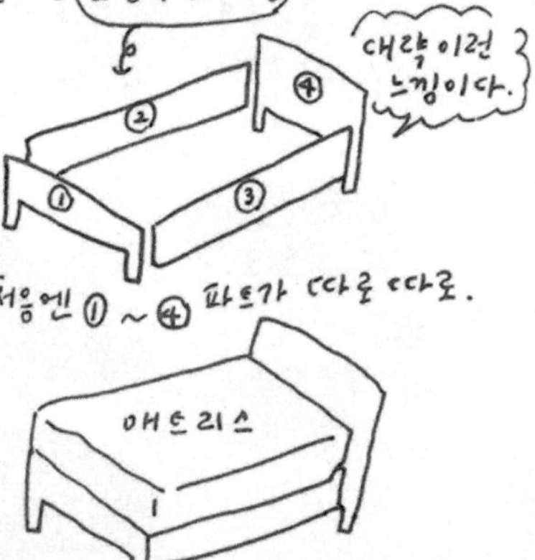

처음엔 ①~④ 파트가 따로 따로.

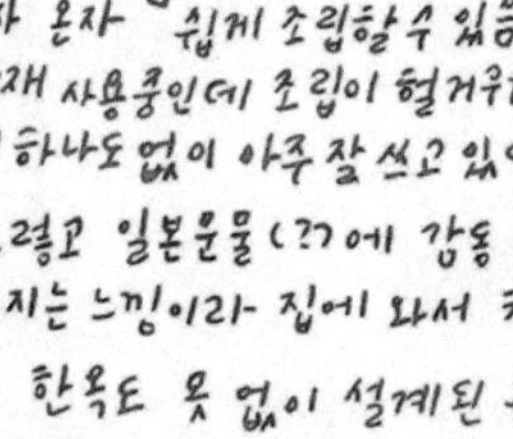

여자 혼자 쉽게 조립할수 있음!!
4년째 사용중인데 조립이 헐거워진다거나
그런거 하나도 없이 아주 잘 쓰고 있다.

그건 그렇고 일본문물(?)에 감동 받으면
왠지 지는 느낌이라 집에 와서 찾아보니
한국의 한옥도 못 없이 설계된 구조라고
한다. 왠지 안심했다..

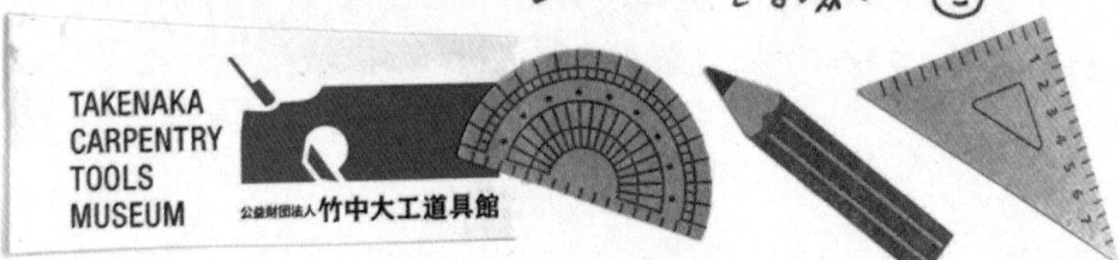

다녀왔습니다 ②

이노카시라공원의 마스코트가 다람쥐라서 다람쥐 스티커를 붙여보았다 ♥

이노카시라 자연문화공원

이노카시라공원 안에 있는 이노카시라 자연문화공원. 귀여운 동물들을 만날수 있다. 예전부터 계속 가보고 싶어 했던 곳인데 이제야 다녀왔다.

날씨가 맑을 때 왔으면 더 좋았을텐데 하필 폭우라니~ 폭우속에 동물원이라... 뭔가 웃기지만 이것도 나름 재미라며! 아츠시씨랑 우산 하나 나눠 쓰고 빗속에서 뭐가 그렇게 재밌었는지 참 ㅎㅎ

그냥 비가 아니라 폭우였는데, 밖에는 나랑 아츠시씨랑 동물 몇마리밖에 없었다. 아마 비가 많이 내려서 동물들이 다들 비를 피해 어디론가 들어간 모양이다. (오리랑 공작새는 잘 만나고 왔다.) 비가 싫지 않은건가.. 실내로 들어가보니 강에 사는 물고기랑 벌레들을 모아둔 공간도 있었다. 생각했던것 만큼 동물을 많이 못 봐서 아쉬웠지만 오늘이 아쉬웠으니 다음에 또 오자는 약속을 해서 그게 또 새삼 행복..=

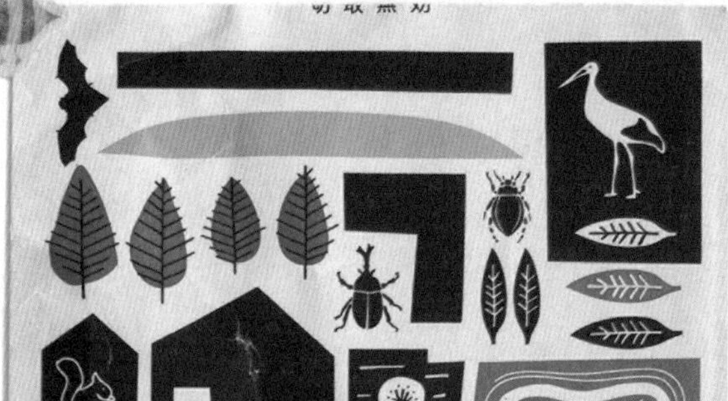

여름

6월

높은 확률로

구름 또는 비

아침에 눈을 떴더니 비가 시원하게 내리고 있었다!

올해는 장마가 빨리 찾아온 것 같은데, 사실 난 사계절 중에서 장마가 제일 좋다

우리집에서 전철역으로 갈 땐 이노카시라 공원 끝자락을 걸어야 하는데, 촉촉한 풀 냄새에 마음이 정화되는 기분이었다. 회사는 싫지만 출근길은 나쁘지 않군..!

\전철에서 읽는/

츠바키문구점

야―호

아마존에서 거의 새것 같은 책을 아주 저렴한 가격으로 손에 넣었다♬

전철을 타면 회사까지 대략 30분 정도가 걸리려나? 그 시간 동안 느릿느릿 읽고 있다. 마침 츠바키문구점의 계절도 이제 막 장마가 시작한 모양인지 습도가 대단하다는 대사가 자주 나온다. 헉 왠지 4D로 읽는 기분이잖아!? 눅눅함을 공유하다니 조금 신난다..ㅎㅎ

금주의 소비

GOOD!

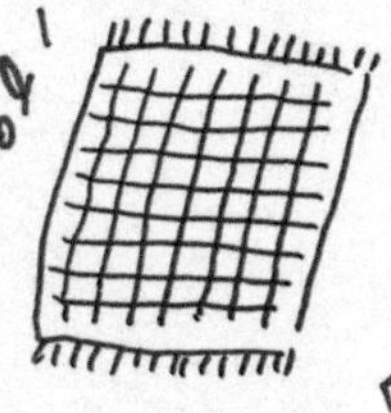

MUJI
와플 재질 담요(싱글)

그전부터 살까 말까 고민했는데 사길 백번 천번 잘했다―! 여름용 이불로 아주 딱이군 ♡♡♡

HIBIYA
히비야

히비야 공원에서 기억에 남는 식물들

히비야공원

이른 아침부터 히비야공원에♫

도심한복판에 있는 공원이라 그런지 깔끔하게 잘 관리된 느낌이 들었다. 신기한 식물들이 의외로 많아서 즐거웠다

기대했던 수국들✩

이름모를 꽃(?) 동화에 나올것같다

일주일 내내 비가 오더니만 결국 주말까지 비가 쏟아졌다ㅋㅋ 그것도 완전 장대비 수준이었다!!

GINZA
긴자

이토야

밖에 비가 너-무 심하게 내려서 비를 피할겸 + 문구구경을 하려고 방문한 이토야… 건물이 그렇게 큰데 마음에 드는게 없어서 조금 실망했다. 맨 위층의 인공상추밭은 좋았다 ☺

TOKYO sta.
도쿄역

예전부터 도쿄역 트노매장을 꼭 구경하고 싶었는데 드디어 다녀온다-! 이토야보다 훨-씬 작은데 볼 게 너무 많았다~~

열심히 구경하고나니 일기를 더 열심히 쓰고 싶어진다!

도쿄역 지하상가 스테이크! 의외로 Good~

구입한 리필들

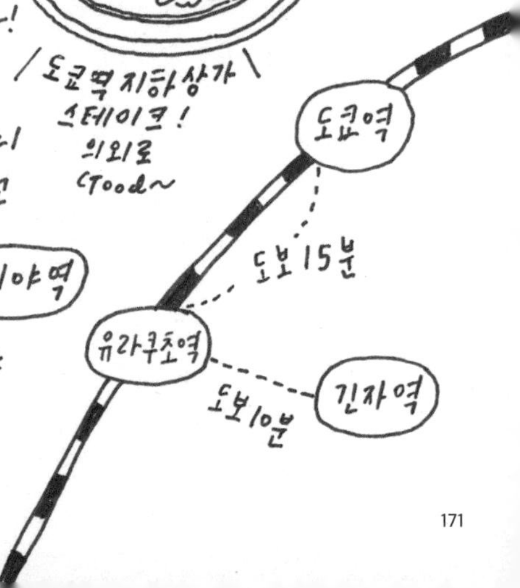

쿠라야마 서잇에서 발견한 아주 작고 예쁜 사과의 라벨

날씨 선선함

회사를 마치고나면 시원하고 기분좋은 바람이 불어온다. 딱히 약속은 없지만 조금만 있으면 엄—청나게 더워지니까 지금 날씨를 많이 즐겨둬야 한다. 느리게 걸어야지♬

오늘의 고마움

① 토모코상한테 연락왔다-! 아마 다음주에 시부야 어딘가에서 만날듯하다. 기대된다 ✧✧

② 로손의 곤약면 샐러드가 매우 상큼하고 맛있었다. 편의점 음식 줄이려고 노력중인데 이건 왠지 건강한 맛이 나는듯한 착각도..!?

집 근처 정류장에 수국이 피어있었다 ✧✧

check list

• 도시락 식재료 구입 (두부 버섯 샐러드)
• 소이라테 도전해보기

주말에 할것

• 세탁기 돌리기
• 밀린 그림일기 그리기

집 가는길 칸다강

퇴근하고나서 시장을 보고 터덜터덜 집에 가는길에 노을지는 칸다강을 보니 여름이라는 게 실감난다. 아직도 해가 안 떨어졌다니! 하루가 많이 남은 기분이라 그런가 위로받는 느낌도 든다. 더워지는 건 우섭지만 해가 길어 지는건 기대된다 ✧

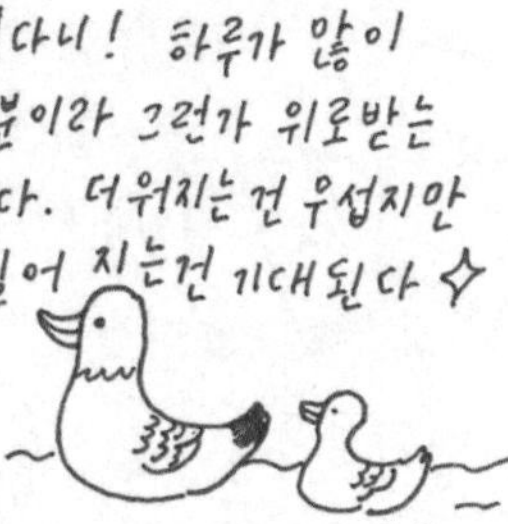

칸다강의 청둥오리 가족

날씨 맑음!

Shimokitazawa

모처럼 금요일인데
그냥 집으로 돌아가기가
아쉬워서 혼자 시모키타자와
산책을 하기로 결정했다.
원래 같았으면 피곤해서 바로
집으로 가는데 드물게 방황하고
싶은 날이었다..

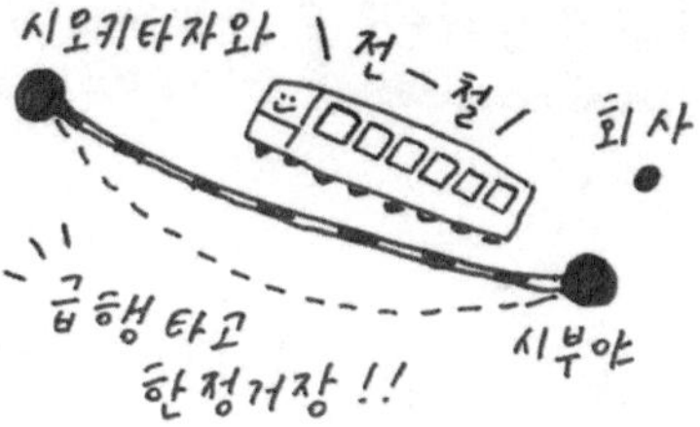

역 근처의 '블루먼데이'
라는 카페에 들어가 보았다.
들어가자마자 너-무 시끄럽고
사람이 많아서 잘못 들어온 척
다시 나가고 싶었는데 소심해서
아이스커피 한 잔 주문했다..
그래도 손님이 북적북적한 이유가
있는거겠지 !?

빈티지 의류, 신기한 잡화 가게가
잔뜩이라 항상 젊은 사람들이 가득이다.
나도 천천히 가게들을 구경하려다가
갑자기 급 피곤해져서 다음으로 미뤘다.
다음엔 친구랑 같이 와야지

예전 같았으면
혼자서 여기저기
돌아다녔을텐데
피곤함을 느끼다니..
나도 많이 컸군

세상에서 제일 별거
없는 금요일이었지만
꼭 별거 있어야 하나~
건강만 하자

니시오기쿠보 차(茶) 산책일지

니시오기쿠보 차 산책이란?

매년 6월 첫번째 주말에 열린다.
가게에서 나눠주는 차를 마시면서
니시오기쿠보 구석구석을 산책하는 이벤트♬

이번에 다녀온 가게들

FALL

좋아하는 사람들이랑
같이 오고싶은 잡화점.
작은 문구부터 생필품까지
다양한 물건들이
잔뜩이다♡♡

← 기치조지　　**니시오기쿠보 역**　　오기쿠보 →

페파무라

일본에 처음와서 일했던
빵가게의 바로옆이라서
자주 들렀다. 마음의 고향
같은 문구점♡

니와토리문고

그냥 헌책방이 아니라
오잉 이게 뭐지!? 싶을
정도로 신기하거나 오래된 책이
많은곳. 오래된 엽서나 우표도 있다.

토나리노

작은공간에 알차게
놓여있는 공책이랑
스티커들이 기억에
남는곳

문구점 타비

동물관련 문구가 잔뜩!
학부모들에게 인기가
많은 듯 하다.

페파무라의
작은스티커 ☺

매우 신나 있는
옆동네 주민

이벤트에
참여하는 가게랑
그 주변의 가게들도
살펴보게 된다.
새로운 곳을 발견하는
재미가 있다!

OO! 이번에 발견한 가게

토나리노

점장님이 따뜻하게 맞아주시는 곳♡
물건 하나하나에 애정이 넘친다.

토나리노의
자체제작
스티커들♡♡
계절마다
디자인이 바뀐
다고 한다♫

페파우라에서 777엔 이상
구입하면 받을 수 있는 특전 스티커!
아까워서 방치하고 있다…☺

甘いっ子 아마잇코

니시오기쿠보역 남쪽출구에서 5분정도 걷다보면 나오는 오래된 빙수가게이다. 가게 외관부터 벌써 빙수 장인의 기운이 느껴지는 곳이다.

50년의 시간을 엿볼수 있는 정겨운 입간판

가게 앞에는 빙수가 그려진 아동복이 걸려있다. 귀여워!!

시라타마 앙 미츠
¥730

한입 떠먹는 순간 눈이 확 떠질 만큼 달다! 아주 맛있는 단팥을 한 그릇에 응축해놓은 느낌.

안즈 카키고오리
¥730

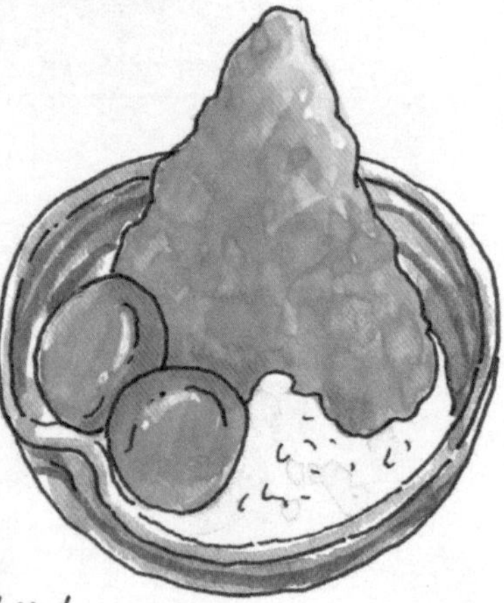

직접 만든 살구 시럽이 듬뿍 올라간 살구빙수. 얼음은 바삭바삭 가볍고 살구시럽에서는 살구가 씹힌다. 당도높은 살구를 엄선해서 만든 거라니까 더 맛있게 느껴진다!

Café & Meal MUJI

무인양품 카페

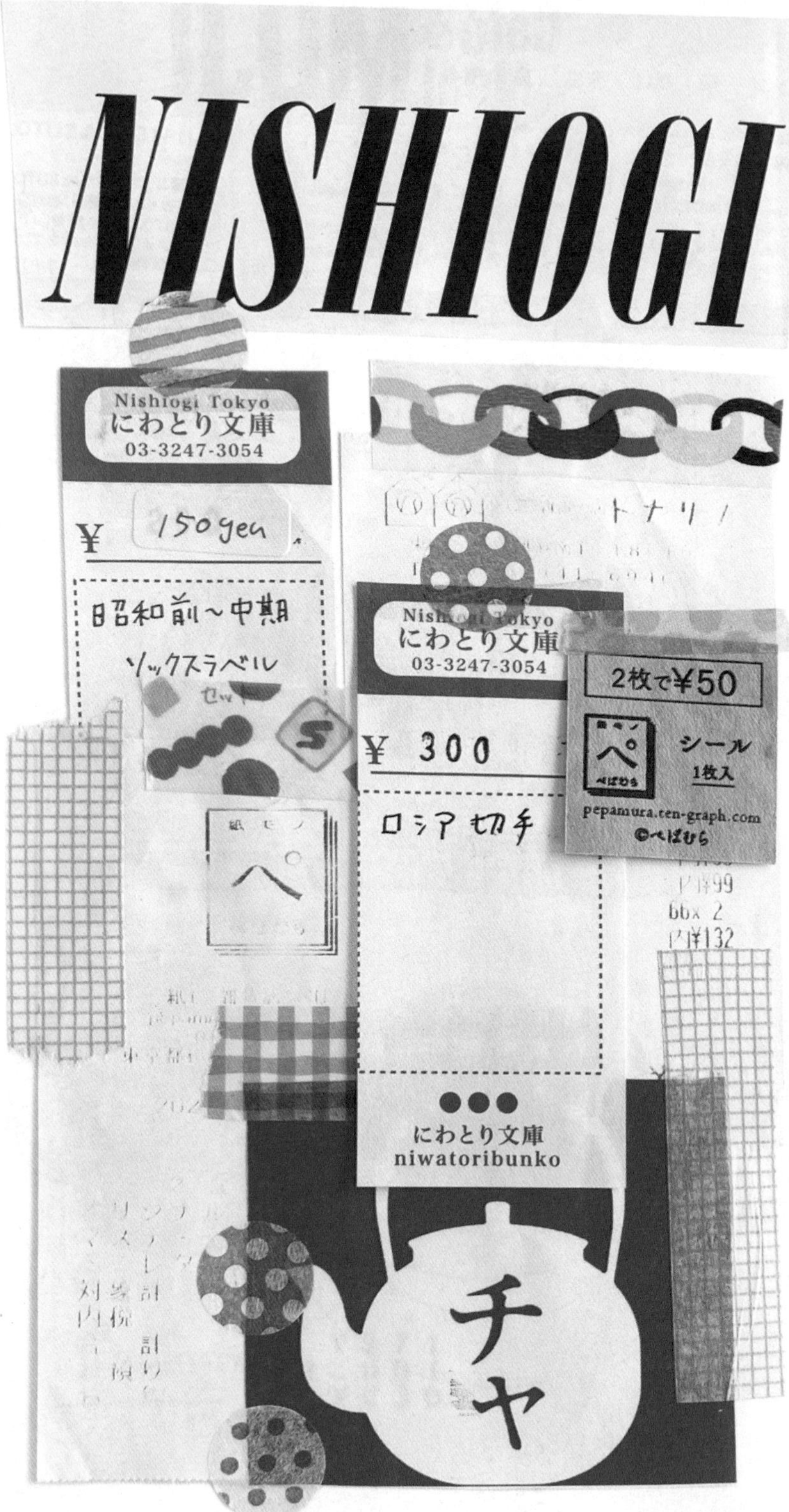
NISHIOGI
Nishiogi Tokyo
にわとり文庫
03-3247-3054
¥ 150yen
昭和前~中期
ソックスラベル
セット
トナリノ
Nishiogi Tokyo
にわとり文庫
03-3247-3054
¥ 300
ロシア切手
2枚で¥50
シール
1枚入
pepamura.ten-graph.com
©ぺぱむら
内¥99
66x 2
内¥132
にわとり文庫
niwatoribunko
チャ

SAMPO
にわとり文庫
secondhandbooks
niwatoribunko
古本買います
03-3247-3054
niwatoribunko@ybb.ne
〒167-0053 東京都杉並区西荻南 3-
営業時間 /12 じごろ～20 じごろ 火
動物文具 動物雑貨
文具店 タビー
fall-gallery
紙 モノ
ぺ
ぺぱむら

하코네여행

DAY 1

HAKONE

도쿄에서 많이 멀지 않은 온천 여행지 하코네. 한달 전부터 기대했는데 벌써 여행날짜다 ♬

기차로 이동! 저녁 기차는 처음이다~

ピース (피-스)

회사 끝나고 늦은 오후에 출발하는 하코네 여행-! 기차 타기 전에 숨좀 돌릴겸 신주쿠역의 피-스 라는 곳에서 커피를 마셨다.

거의 두시간 정도를 걸려서 료칸에 도착하니 극심한 피로가 몰려왔다. 우선 온천부터!!

토노자와 이치노유 본관

주변이 전부 산이라 저녁은 편의점 음식으로 때웠지만 너무 배고픈 상태라서 정말 맛있게 먹었다 여행인데 뭔들 맛이 없겠냐만은~ ☺

하코네여행 DAY2 HAKONE

든든하게 조식을 챙겨먹고 나갈 준비를 하는데 비가 내리고 있었다!! 그것도 아주 강한 비가.. ☺

특별한 계획은 없었지만 우산을 들고 다녀야해서 조-금 아쉬웠다.

7월

— Summer —

세븐 일레븐

식탁 위의 여름

\ 냉우동 /

개인적으로 면이 적당히 단단해야
맛있는 것 같다 ☺

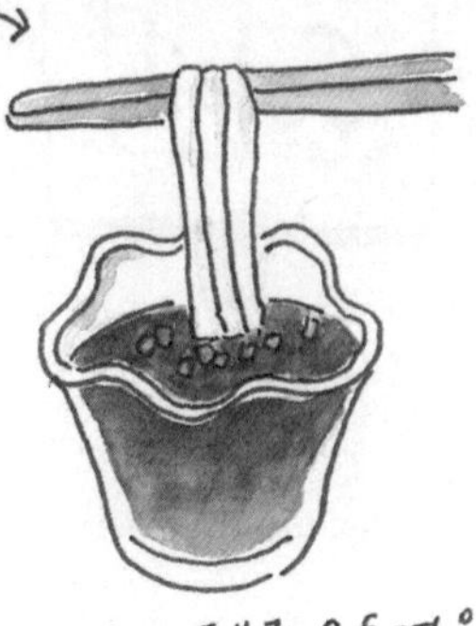

찬물에 헹군 우동면을
츠유에 적셔 먹는다.
기호에 따라 파 토핑추가!

\ 여름 야채 카레 /

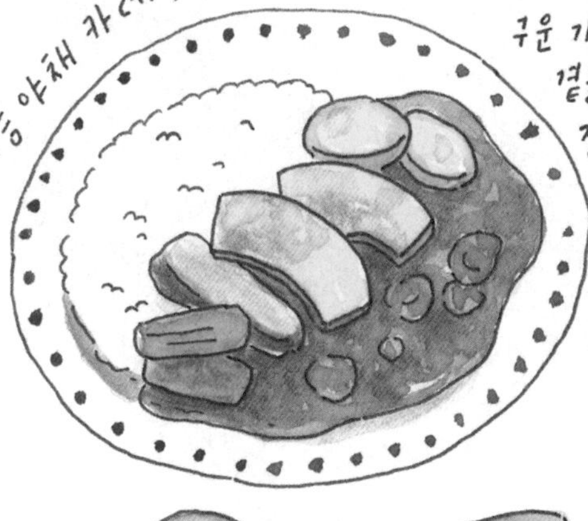

구운 가지, 피망등을
곁들인 카레.
질리지 않는 맛.
입맛 없는
여름에 이걸
먹으면
기운이 난다.

\ 히야얏코 /

차갑고 부드러운 두부

\ 히야시 샤브 /

얇은 고기를
삶고 식힌것

상큼한
야채들

COFFEE HOUSE それいゆ

커피하우스 소레이유

1965년 도쿄올림픽 부터 지금까지 사랑받고 있는 곳. 오너분이 여기를 얼마나 소중히 여기시는지 느껴진다.

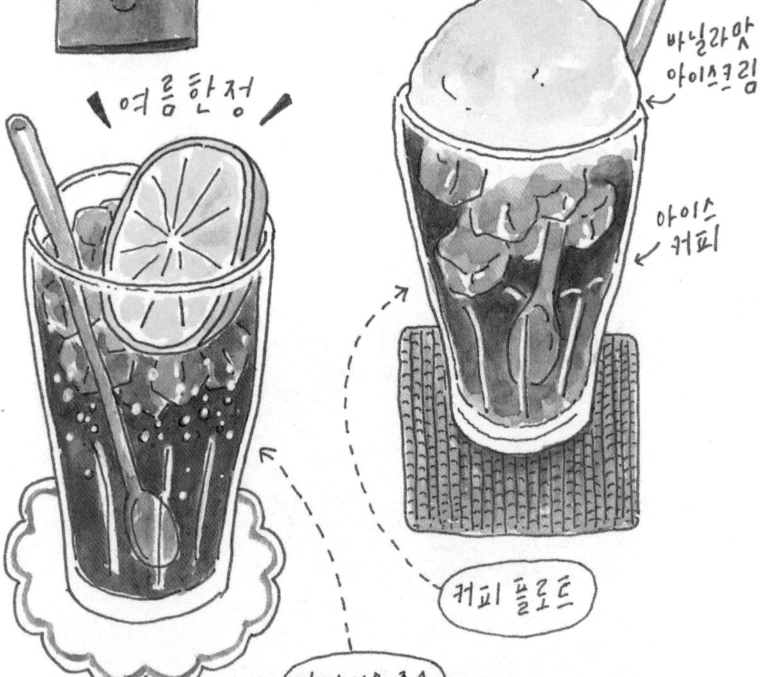

유리아페우페루

ゆりあぺむぺる

40년도 더 전에, 당시 늦은 시간까지 영업하는 카페가 적었던 기치조지에 밤에도 영업하는 휴식공간을 만들기 위해 오픈한 곳.

가게 이름은 시인 미야자와 겐지의 시에 등장하는 「유리아」와 「페우페루」에서 따왔다고 한다.

라피스라줄리를 처음 만났을 때 그 거대함에 아주 감탄했다.

여름을 버틸 수 있는 몇 안 되는 이유 중 하나!

에어컨 없으면
큰일나는 날씨
항상 젠틀하신
마스터
リュミエール
류미에르
거의 일년만에 다시 왔는데, 거의 모든게 그대로여서 정말 고마웠다.
단골손님
오후 5시30분에 꼭 오시는 손님. 주문도 안하셨는데 마스터가 자동으로 술을 채워 주신다. 멋지다...
(아직 뒷모습 밖에 못봤다.)
酒
역시나
아이스커피
BGM : 디즈니 브금
오케스트라 버전
창가에 있는 어항
귀여운 화분들

珈琲喫茶
リュミエール
OPEN/09:00 ~ CLOSE/19:30
定休日：日曜日 <祝祭日も営業しています>
(全面禁煙です)
住所：〒18

이번주 소비

여름세일 기념으로 ~~
냅다 질렀다!
간만에 아주 좋은
소비였다.. ☺

금요일의 시모키타자와

マサコ
마사코

오랜만에 에리언니랑
시모키타를 설렁설렁
걷다가 들른 킷사텐.
듣기좋은 재즈를 맘껏 들을수 있다.
살짝 열어둔 창틈 사이로
들어오는 밤바람이 좋았다.

작은 파르페

오늘의 장바구니
아보카도
훈제연어 1팩
계란
두부
토마토
오이
생수 2L
水
거의 백만년 만에 직접 만드는 조촐한 요리..
민망~
참기름
토마토 (깍둑썰기)
아보카도
오이 (깍둑썰기)
오늘의 요리
연어포케
훈제연어
밑에는 현미밥이나 구운두부를 깔아둔다.
가스불을 거의 안써서 더운날에 딱이다. 간은 후추나 소금으로 ♪
칼질조금이랑 굽는게 끝인데 이렇게나 맛있다니 ~

땡볕에는 면요리

동네 마트에 파는
소면 묶음은
여름의 아주 좋은
식자재이다.

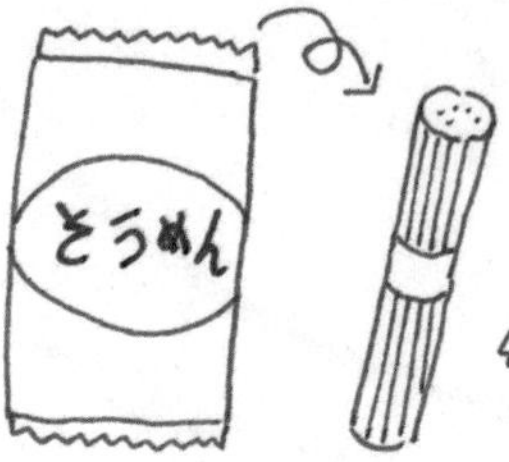

한 묶음이
1인분.
4~5 묶음 정도
들어있다.

/ 츠유 소면 /

어먹거나
어먹는다

삶은 소면을 찬물에
헹구고 나서
츠유와 물을
적당한 비율로
섞으면 완성이다.
토핑은 '파'가 최고다!

간장이랑 비슷한데
가다랑어 향이 난다.

최근에는 츠유맛이 질려서
간장, 참기름으로 간을
맞추고 있다. 한국에서
먹었던 간장국수랑 비슷하다.

향수병이 심해질 땐...

/ 간장 국수 \

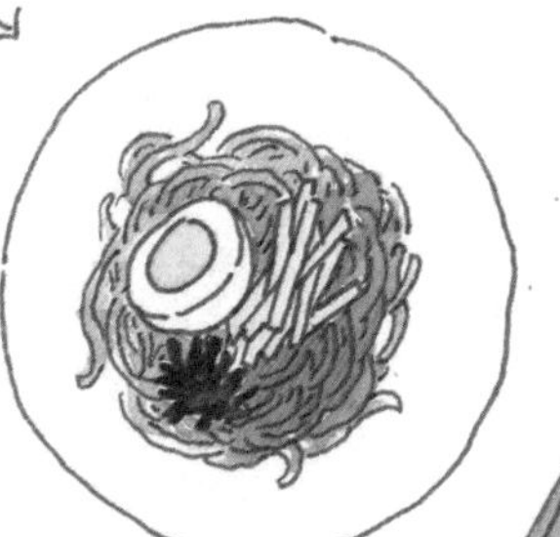

엄마가 보내준 고추장을 활용.
「고추장+설탕+간장+참기름」
의 비율만 잘 섞으면 맛있다!
삶은계란, 오이, 김을
추가하면 더 좋다 ☺

/ 비빔국수 \

7월의 항구도시 여행
神戸
..고 베..
누노비키 허브가든
케이블카역
스타벅스
산노미야역
모토마치역
귀여운 항구도시 고베. 은은한 바다 냄새♫
난킨마치 (중화 마을)
고베 포트타워
STARBUCKS
키타노이진칸
옛날 유럽풍 양식의 근사한 건축물이 잔뜩 있는 동네 '키타노이진칸' 스타벅스 건물마저 이렇게 멋지다니!
아이스커피
먹은것들
치킨랩
풍향계의집
고풍적인 건물 덕분에 눈이 즐거워 ♡♡

누노비키 허브가든

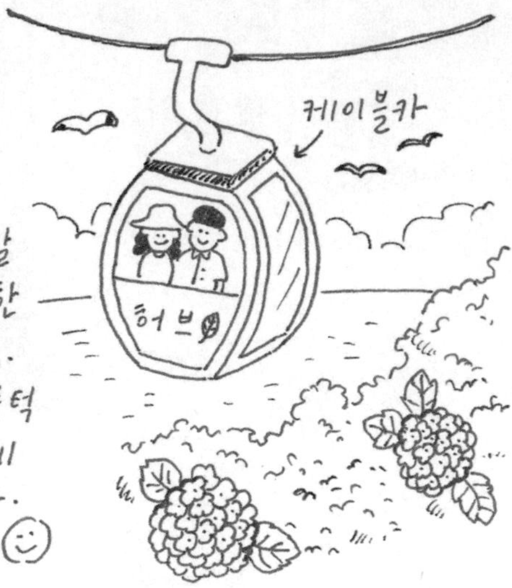

이번에 다녀오길 정-말 잘했다고 생각한 누노비키 허브가든. 케이블카를 타고 산 중턱까지 올라오면 눈앞에 바다가 훤히 보인다. 수국이 아직 남아있었다 ☺

南京町 난킨마치

바닷가에 가는길에 들르게 된 난킨마치. 중국길거리 음식점들이 즐비한 중화 마을이다. 날이 더워서 빙수 하나를 사먹으며 걸었다.

급하게 둘러보고 저녁먹으러~!

~ Dinner ~
日曜舍 니치요샤

고베

~ 산책 일기 ~

잘 구워진 식빵은
언제나 행복하다.
늦은 아침이라면
더 행복하다 ☺

にしむら珈琲店
니시무라 커피점

외관부터 으리으리한 곳.
귀부인의 티파티에 초대
받는다면 이런 느낌일까?

ポエム … 킷사 포엠

소중한 기억이 남아있는 듯한 공간

KOBE

고베 시립 숲 삼림원

수국을 따로 심어둔 「수국원」에서 일년치 수국을 다 본것 같다♡

Le pic

카페르픽

\ 베이글 & 수프 세트 /

기념품 디퓨저

티트리향

초등학생때 급식으로 나온 수프랑 비슷한 맛이야! 그리운 맛이 나는군~

맛있는걸 먹고 자랐구나!

NARA

나라

morning Coffee

10:00

나갈 준비

일찍 일어나서
샤워하고 커피를
마셨다. 여유로운
아침이었다 ☺

10:30

전철 타고 출발

近鉄 KINTETSU	奈良

'긴테츠나라'를
타고 출발한다!
전철 내부가 물고기
테마로 꾸며졌다.
아츠시는 계속 졸았다.

12:30

나라공원
도착-!

도착하자마자
사슴들이 몰려온다!
사슴 센베이를 들고
다니면 사슴이 매우
관심을 보인다. 귀여워!

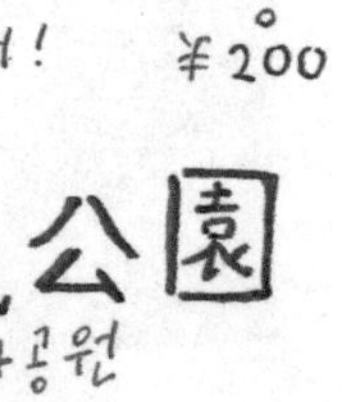

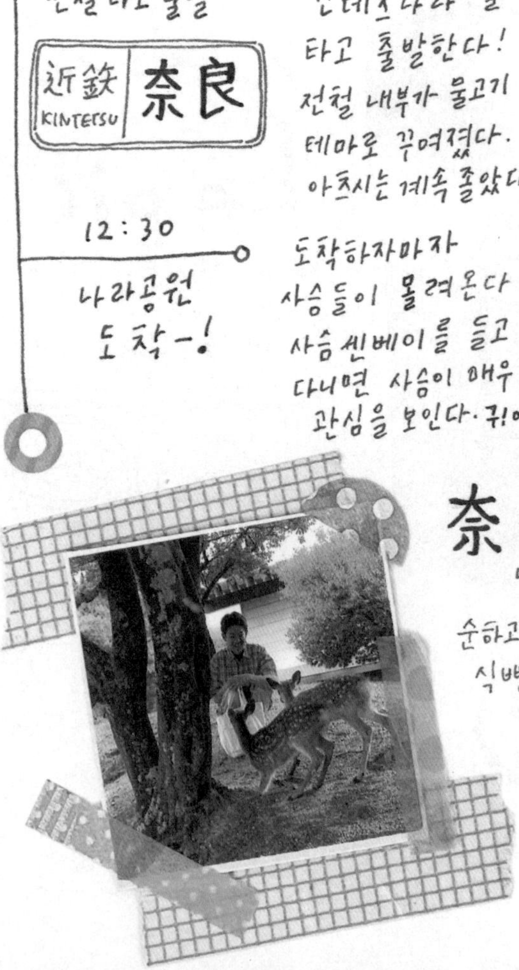

奈良公園

나라공원

순하고 귀여운 사슴들이
식빵을 굽고 있다 ♡

14:00

나라공원 산책

사슴들에게 센베이를 나눠주었다 :)

도다이지 구경

東大寺

とうだいじ

— 도다이지 —

내가 본 절 중에서 제일 큰 것 같다. 사진으로는 담을 수 없는 거대함.. 5엔 넣고 기도했다.

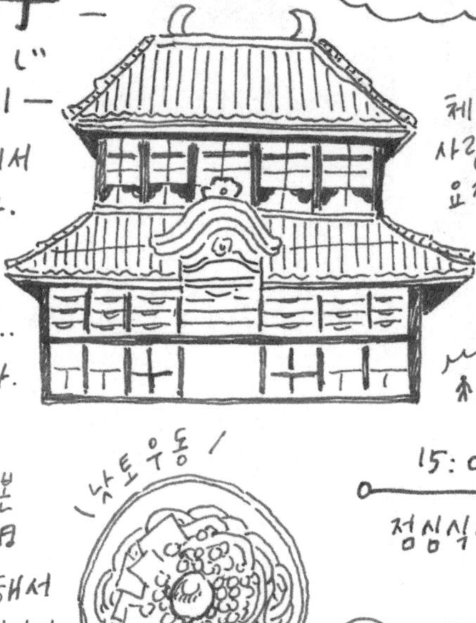

체감상 사람은 요정도..?

15:00

점심식사

낫토우동

처음으로 먹어본 낫토우동이다♫ 시원하고 촉촉해서 너무 맛있게 먹었다. 우동이랑 낫토가 이렇게 잘 어울리는구나~

부어 먹는다

16:00

킷사텐

코히야 에르문도

귀여운 할머니가 직접 음악을 골라서 틀어주신다!! 동네 단골 손님이 자주 오는 듯한 근사한 공간♥

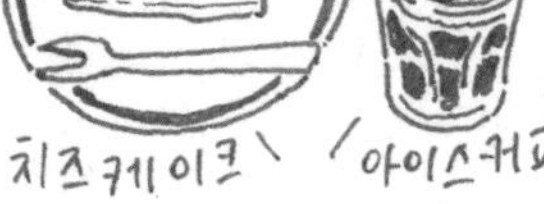

/ 치즈케이크 \ / 아이스커피 \

~ 교토 ~

KYOTO

난젠지

아침은 든든하게

수로각

사원안에 서양식
붉은 벽돌의 건축물이
은근히 잘 어울린다.

난젠지 앞에서 우연히
발견한 가게인데
인생 맛집을 찾아버린
기분이다..!!

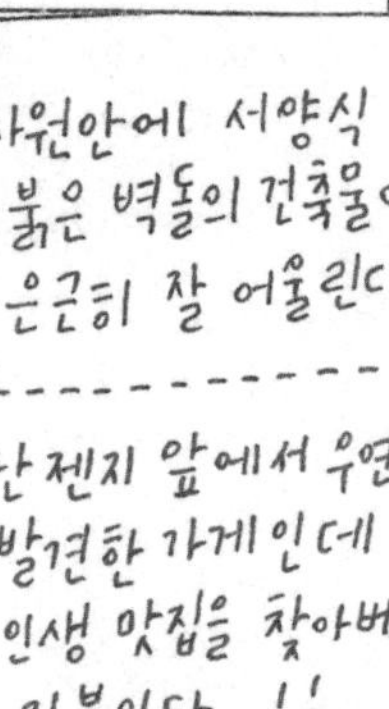

점심 먹은 곳

「일휴정」

무린안

무린안의 정원을 바라보며
먹은것들. 쓰고 달았다 ~

마지막으로
기념사진도 찍었다
무더운 날씨 였지만
오래오래 기억에 남을 교토!

02/JUL/21 SKY1
神戸
3C44-146-355
東京食賓館
03-5757-8133 店舗：5
ご利用ありがとう
またのご利用を心
おります。
2021年 7月 2日(金
1001ﾊﾞﾀｰｻﾝﾄﾞ 9個
S-TOTAL
小 計
TAX EXCLUSIVE OB
外税対象額(軽)
TAX EXCLUSIVE
外税額(軽)
TOTAL
合計
(内消費税等 TA
CASH
お預り
(消費税等
CHANGE
お釣り
a0065316
※「軽」は軽減税
羽田空港お
オンラインシ
「HANEDA
責No:9
取引No3168 1点
STARBUCKS®
羽田空港第1ターミナル THE HANEDA HOUSE5階
#1612 TEL 03-5579-7410
1 S ｱｲｽ ｺｰﾋｰ
1 あんﾊﾞﾀｰｻﾝﾄﾞ
本体合計(2点) 560
(10%対象 560 消費税
総合計
ｽﾀｰﾊﾞｯｸｽｶｰﾄﾞ
#618747000773****
ｶｰﾄﾞ残高
お釣り
185
「軽」印は軽減
010236588501
Starbucks(R
登録カード
換できま
しくはWeb
Starbucks
One Mo
ﾌ ｺｰﾋｰ(ｶﾌｪ ﾐｽﾄ
までに持参すると2杯目のドリ
店内価格 またはカフェ ミスト
お楽しみいただけます。※同
※他店可 ※一部店舗除く
STA
神戸
#1432
T ｱｲｽ ｶﾌｪ ｱﾒﾘｶ
本体合計(1点)
(10%対象
総合計
現金
お釣り
257
「軽」印は軽減税率
020166935702 343

COCOPLUS
078-360-2042
7月 3日(土)
Eggs 'n Things
Hawaii
¥350 A
¥2,090
¥10,100
¥8,010
税抜
¥1,901
税金
¥189
¥2,090
400
15
For Here
12:36:30
搭乗券 Boarding Pass
アンケートご協力のお願い
(ご搭乗便の着陸後にお願い致します。)
SKY
105
JANG SEOYEONG 27/MS
行先 DEST. 神戸 KOBE
出発時刻 DEP. TIME 13:00
便名 FLIGHT SKY105
搭乗口 GATE 21
座席 SEAT 7A
窓席 WINDOW
日付 DATE 07/02
搭乗口には出発時刻の15分前までにお越しください。
Please be at the boarding gate at least 15 minutes before departure.

8월

필라테스 & 요가 일주일차

회사에서 계속 앉아있기만 하고 운동을 전혀 안해서.. 마음먹고 운동을 해보기로 했다! 이왕 하는거 프리패스 회원으로 등록해서 필라테스랑 요가 전부 열심히 해보려고 한다~!

사실 아침에 눈 뜨자마자 이노카시라 공원에서 가볍게 달렸는데, 딱 3일째에 관뒀다. 달리는 건 나랑 안 맞는 모양이다..

달리기 생각만 해도 스트레스....

의외로 운동하기 좋은 동네

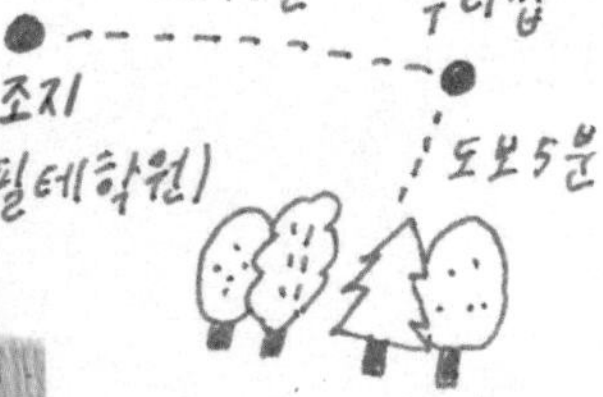

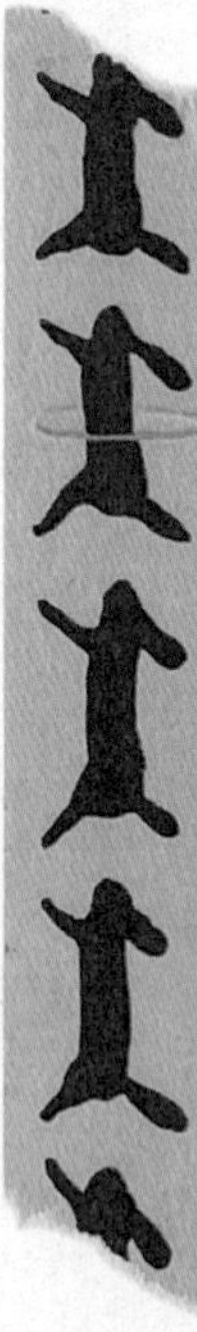

그래도 30분 정도 가볍게 달리고나서 샤워하고 출근하면 뿌듯하긴 했다.. ㅎㅎ

평일 18:30 수업

끝나면 밤 8시쯤인데 집까지 걸어가는 길이 엄청 조용하고 선선해서 기분좋다~!

주말 9:00 수업

아침에 일찍 일어나서 운동을 한다는 것 자체로 이미 자신감이 넘친다! 집 갈 때는 카레빵 사기♡

아직 일주일차라서 드라마틱한 신체적 변화는 없다.. 우선 운동을 시작했다는 것에 의의를..!

한국에서 꽤 오랫동안 요가학원을 다녀서 다행스럽게도 수업에 무리는 없었다. 물론 모르는 단어가 있어서 조금 이해가 힘들 때도 있었지만...!

필라테스 & 요가 수업 제일 많이 듣는 단어

- 자코츠 → 궁둥뼈
- 롯코츠 → 늑골
- 히지 → 팔꿈치
- 히자 → 무릎

수요일 저녁 수업

비오는날 밤 수업이었는데 수강생이 나 포함 두명이었다. 근데 그분도 한국분..! 이름까지 나랑 비슷해서 내적 친밀감을 느꼈다. (자세히는 못들었는데 서현? 소현? 소영..? 이런 느낌이었던 것 같다.)

다음시간에도 만나게 되면 인사해야지!!

중급 수업 소감

초급 수업보다 더 격한 운동을 하고싶어서 중급 수업을 들어보았다. 와... 진짜 인생 쉬운게 없다. 중간에 진짜 한계를 느껴서 으헉! 이러면서 이상한 소리까지 나와서 선생님이 살짝 웃으신 것 같기도...

제일 힘들었던 동작..

첫째주 스케줄

- 수 20:00 - 20:50 초급 필라테스
- 금 18:30 - 19:40 중급 필라테스
- 토 9:00 - 10:10 중급 아쉬탕가 요가
- 일 9:00 - 9:50 초급 플로우 요가

시타르
SITAL
니시오기쿠보의
인도 카레 맛집
인도맥주
거대했던 난
PRIMIUM
KINGFISHER
PRIMIUM
LAGER BEER
카레세트
소스
탄두리치킨
회사 끝나고 들른거라서
딱 저녁식사 시간이었다.
동네 주민들로 붐비는 가게를
보니 내가 다 흐뭇했다.
번창하세요-!

胡桃堂 喫茶店

쿠루미도 킷사텐

여름 한정 빙수 & 사과주스 세트

시베리아 & 블렌드 커피

Day 1

AWAJI

오오하마 해수욕장

여름휴가라서 아츠시 씨의 본가인 고베에 3박 4일 정도 다녀오게 되었다. 날도 더운데 바다가 보고싶어서 고베 근처의 아와지시마 섬으로 출발 =3

MORNING

오후부터 비가 온다는 예보가 있어서 아침 일찍부터 출발한 아와지시마 여행. 급하게 삼각대를 세워두고 5분만에 기념사진을 남겼다!

결국 비가 안 와서 바다에서 뛰어 놀 수 있었다 ☺

SHIMA

아와지시마
목장

LUNCH

요구르트 →

아와지시마
밀크비프 카레

목장 젖소의
우유를 넣어서
더 부드러운 맛♥
식후로는 목장요구르트.

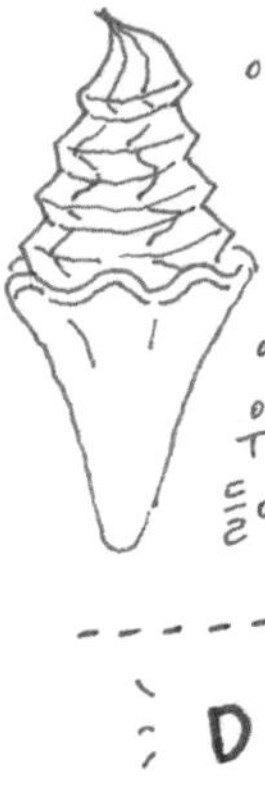

어디서
먹어도
실패가 없는
소프트콘!
역시나 목장의
우유가 가득히
들어가 있다고 한다.

DINNER

숙소 근처 마트에서
구입한 생선으로
직접 뜬 회

Day 2

아와지시마

寿庵

고토부키안

숙소에서 보이는 풍경

오너부부께서 정말 친절하셔서 더욱 좋았던 곳! 도쿄에서는 절대 경험 못 할 유유자적한 시간이었다.

morning

수제 식빵으로 만든 피자 토스트랑 신선한 샐러드, 진-한 드립커피까지..! 감사하게 잘 먹었습니다 ♡♡

물의 절

건축가 안도 다다오의 작품이다. 콘크리트 건축물이 이렇게나 따뜻한 느낌이라니.. 지하에는 진짜 절이 있다-!

나들이 기록

코조라소

도쿄에서는 절대 볼 수 없을
풍경이라서 두눈에 꾹꾹 눌러
담았다. 하늘이 너무 맑아서
눈이 시릴 정도였지..
한여름의 매미 소리도, 바람결도
모든 게 선물 같았다.

로라

여름 한정 맛

레몬 치즈케이크 젤라토

숙소 오너분께서 추천해주신
젤라토 전문점 '로라'
인테리어가 약간 오리엔탈
느낌인데, 식기도 그렇고
구석구석 귀여움이 넘쳐난다.
시원하게 머리식히고 섬 여행
끄읕~!!

내 생일 기념 나들이

ROKKO

커다란 해바라기,
한글 생일 카드

치즈
소프트
콘

기념품으로 산
치즈케이크

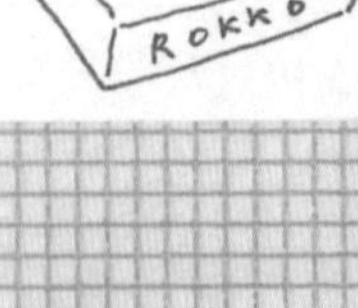

롯코산 목장

ROKKO CABLE CAR

A№ 07656

RC
ROKKO CABLE SINCE 1932

六甲ケーブル

ROUND-TRIP TICKET

［往復割引乗車券］

大人 1,100円

FARE ¥1,100

UP 【発行乗車年月日】 DOWN

通用発行日共2日間

六甲ケーブル下 ↔ 六 甲 山 上

dinner

생일 기념으로
피자랑 샐러드 먹었다.

Happy
Birthday

Gift

나는 금색,
아츠시는 은색으로 맞췄다는
팔찌. 소중하게 껴야지 !

로프웨이 → 카레이터

코스모스
コスモス

꼭대기층 전망대에서

전망대 위에 있는 오래된 카페.
벽이 통유리로 되어 있어서
바다를 실컷 구경할수 있다.

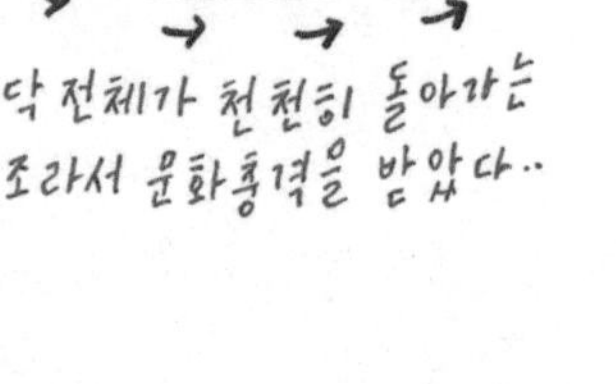

바닥 전체가 천천히 돌아가는
구조라서 문화충격을 받았다..

02
아카시
산노미야
스마우라
후지에
아카시
ヨシダ 요시다
아카시
야키
아카시
아카시 명물 아카시야키.
타코야키랑 비슷한데
계란이 더 많이 들어가서
부드럽다
후지에
깨끗하고
조용한 바다
三宮・明石市内
1dayチケット
わんでい
KOBE

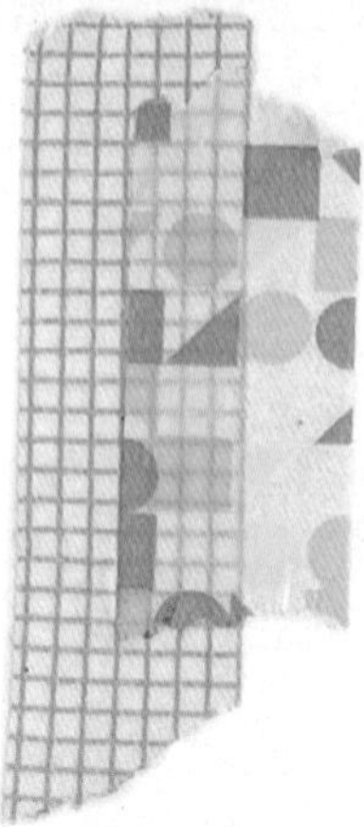

고베 산책 기록

여름휴가나 연말연시 처럼
긴 휴가가 있을 때는 왠지
고베에 가고싶어진다.
제일 친한 친구의 고향이라
그런지 점점 좋아지는 고베 ♡

이쿠타 신사

生田神社

고베에서 제일 오래된
신사인 '이쿠타 신사'
5엔을 넣고 소소하게
소원을 빌었다.

신사 뒷쪽에
있던 나무

センタープラザ

센터 플라자

스부타 정식.
탕수육이랑
비슷하다.
왠인지 장인의
손길이 느껴지는
중화요리 가게.
간판도 없는데
만석이었다…!

식후로 커피도 마셨다.

ポエム

킷사 포엠

고베에 올 때마다
꼭 들르는 킷사텐 ☺ ♡

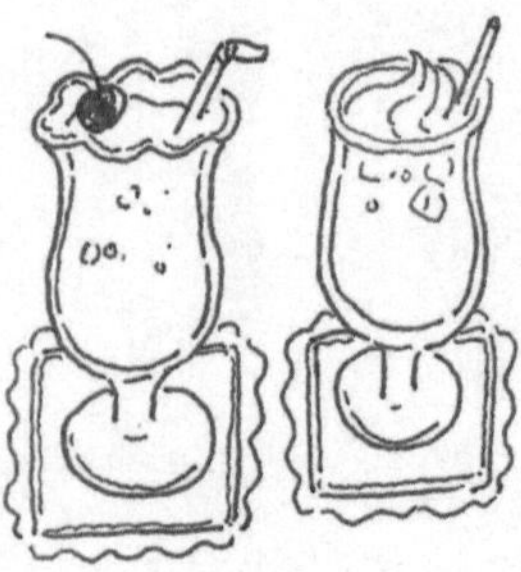

밀크셰이크를
주문해서 쪽쪽
들이켰다.
자체제작 굿즈인
키홀더 GET

낚시 일기 in 히가시 타루미

또 다녀왔다 :)

ポエム 킷사 포엠

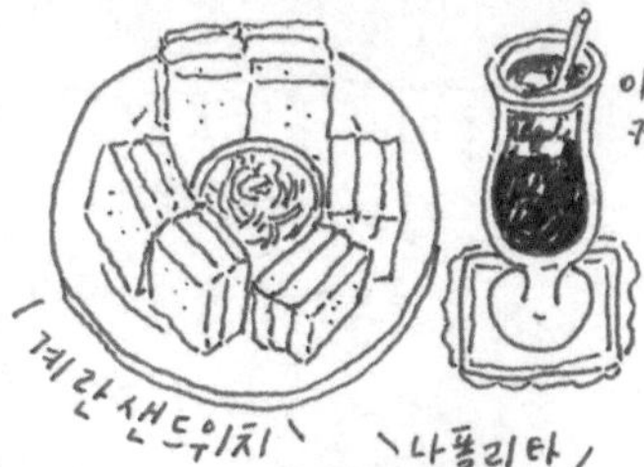

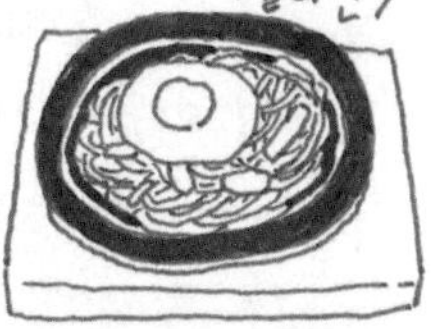

낚시 하러 출발하기 전에 잠깐
킷사포엠에서 아침식사~!!

산노미야 → 히가시 타루미

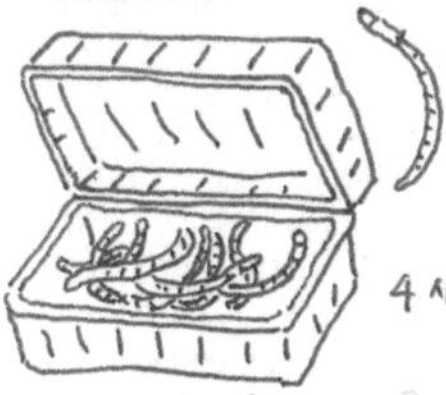

낚싯대랑
미끼를
대여했다.
4시간에 1000엔!

징그러웠던
지렁이ㅠㅠ

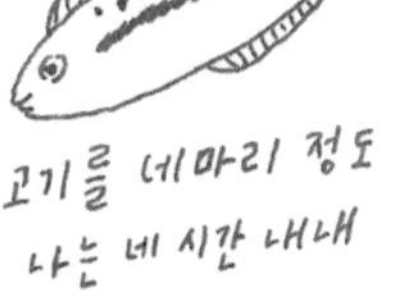

아츠시는 물고기를 네마리 정도
낚았다..! 나는 네 시간 내내
집중을 못하고 계속 딴짓하고 말시키고
한 마리도 못 낚았다.. ㅎㅎ

あいすくりん

...아이스크림...

더위속에 먹은 아이스크림.
이렇게 맛있을 일인가..!

여름 보내주기

고교 전국 야구대회

매년 여름마다 100년 넘게 고시엔(갑자원)에서 열린다. 프로야구랑은 또 다른 느낌으로 선수, 관중, 해설자, 응원단 모두가 진심이다.
야구만화에 자주 등장하는 청춘의 상징인 경기.

결승전이 끝나고 나서 일주일이 지났다.
아직도 후유증이 살짝 남아있다.
고시엔에 경기하러 나온것 만으로도 마을에서 잔치가 열릴 만큼 경사스러운 일이라는데, 여기 나온 선수들도 모두 그런 기대와 응원을 받았겠구나~ 싶은 마음에 괜히 울컥 해진다.

올해는 집에서 에어컨 틀고 관전 했는데.. 다음번에는 고시엔 티켓팅 해볼까...? 라는 생각이 들 정도로 푹 빠져있었다.

모두들 얼마나 진심이냐면…

매해 고시엔의 테마곡도 나온다!
테마송은 경기 내내 자주 틀어주는데, 꽤나 명곡들이 탄생하는지라 감탄중…

고시엔 이것저것

- 고시엔 우승전적이 많은 학교들은 소위 말하는 '강호고교'
  ex) 오사카의 '토인고교'
- 학교마다 유니폼이 전부 개성 있다.
- 응원단이 연주해주는 음악은 선수들의 신청곡이다.
- 고시엔에서 특히 눈에 띄는 선수는 프로야구로 스카우트 된다.
- 경기가 끝나고나서 고시엔 경기장의 흙 한줌을 가져가는 풍습이 있다고 한다. (성지순례 느낌인것 같다)

서로 다른팀인데 경기 끝나고 부둥켜 안아주는 모습이 아름아름。

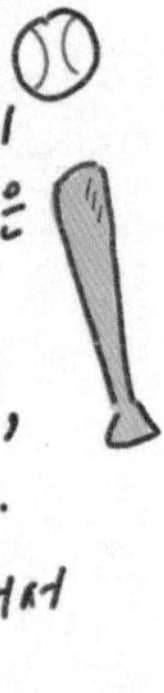

결승전이 끝나고서 선수들이 흘리는 눈물의 의미를 조금은 알것 같아서 또 울컥。
딱 한번 뿐인 올해 여름,
딱 한번 뿐인 올해의 고시엔.
여름 마지막까지 감동줘서 고맙습니다—!

여름 --> 가을

이맘때쯤 항상 생각하는 건데
여름에서 가을로 바뀌는 시기는
어째서인지 항상 서운하다.

- (겨울 → 봄) 빨리 날씨 풀려라
- (봄 → 여름) 바다! 휴가!
- (여름 → 가을) 서운.. 섭섭..
- (가을 → 겨울) 연말 분위기, 크리스마스 캐럴

최근에야 의식하기 시작한 것!
여름이 끝날 때 쯤이면 아침에
매미 우는 소리가 안 들린다.
글로 적으니 당연한 사실 같지만
8월 말 쯤에 언제부터 매미가
안 우는지 귀기울이는 건
꽤나 재미있다.
훅 들어오는 가을의 선선한 공기에
쓸쓸해하지 않도록 하는
마음의 준비랄까 맴맴 ♫~

이제 여름옷을 안 입을 것 같아서
옷장 정리를 했다. 민소매 아니면
색상이 아주 '여름'이라거나,
패턴에 야자수 나무가 들어 있는
옷들은 잘 접어서 벽장 맨 위에
넣어뒀다. 아마 내년 매미가
울기 시작할 때 또 꺼내 입겠지~

백엔샵에서
구입했다.
각이 안 잡히고
흐물거린다는
치명적인 단점이…

아직 더위가 아주 간 건 아니지만
기분이 이미 가을이라서
어떻게든 가을을 끼워 넣는 중

- 맨발 → 양말 챙겨 신기
- 슬리퍼, 샌들 → 운동화, 로퍼
- 가벼운 에코백 → 가죽재질 가방
- 흰색 반팔 → 갈색 가디건

~~Summer~~
Autumn

유튜브 알고리즘에
가을 플레이리스트가
올라와서 바로 듣고있다.
왠지 따뜻한 호박스프를
만들어야 할 것 같은
우아한 재즈

하늘이 맑아

천고마비의 계절..♪
하늘에 어쩜 구름이
한 점도 없다 ✧
+ 적당한 습도...
살랑살랑 가을 바람~

요새 밖에서
맨날 이 표정

집앞 마트에서 맞이한 초가을
고구마랑 꽁치가 많이 나왔다.
지난 여름동안 너무 더워서
거의 불 안 쓰는 간단한 걸 만들었는데..
날도 선선해졌으니 오랜만에
손 많이 가는 요리를 해볼까~~

연말 마중가기

어김없이 훅 —! 하고 찾아오는 올해 말.
곧 내년이 오는 걸 생각하면 지난날을
어떻게 보냈는지 떠올리게 된다.
왠지 작년의 나보다 조금 성장한 듯!?
이를테면 말이죠..

1. 친구나 가족이 일본에 놀러 온다고 할 때, 적극적으로 데려가고 싶은 곳이 생겼다.
   → 일기에 그리고 적어둔 킷사텐들은 전부 데려가고 싶다-!
2. 안 읽히던 한자가 읽힌다...!
3. 넷플릭스 애니메이션은 이제 자막 없이 감상한다.
   → 이건 정말 최고 원작을 필터링 없이 감상하는 느낌이다.
4. 병원에 가서 내 증상을 편하게 전달할 수 있게 되었다.

타지에서 지내는 동안
힘든 일은 분명 많았다!
일본에 처음 왔던 해에
전자제품 매장에서 겪은
외국인을 무시하는 태도,
아플 때 가족을 만날 수
없었던 것,
퇴근하고 나서 생각나는
오래 알고 지낸 친구들이랑
칼칼한 한국 음식,
적응하기 힘든 일본의
아날로그식 행정 시스템..

그래도 아직 여기에 사는 이유는
여행지에서 발견한 음식점들의
정성스러운 식사, 오래된
가게들과 거기를 지키는 사람들을
경험하는 게 아직도 재밌어서 그렇다.

그리고 마음을 다해서 진심으로
응원해주고 싶은 분들을
몇몇 알게 된 것도 큰 힘이 된다!

부끄러움이 많은 성격이라 전부
표현은 못 하지만 항상 응원하고
있답니다 히히 ♡

조금 큰 변화

아츠시씨랑 맞이 했던 네 번째 생일♫

그동안 어렴풋이 약속했던 일이 현실로 성큼 다가오니 뭐라 표현할 수 없는 기분이다 허허

행복만 가득하길 바라기 보다는, 더도 말고 덜도 말고 지금까지 그랬듯이 늘 한결처럼! 내 앞에 나타난 날부터 계속 옆에 있어줘서 고마워. 남은 나날도 사이 좋게 잘 지내자!

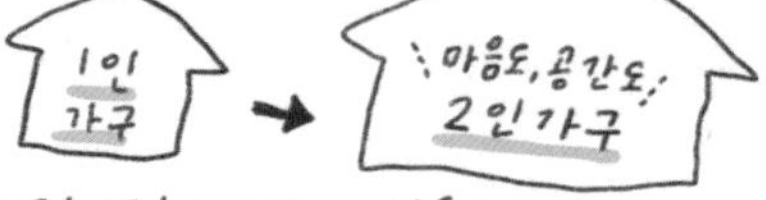

이런저런 고민 끝에 결혼 준비 겸 아츠시씨의 고향인 고베로 이사왔다! 그전에도 여행하러 왔었던 곳이고, 앞은 바다 - 뒤는 산이 있는 작은 도시.

도쿄랑은 또 다른 느낌으로 살기 좋은 동네다♫

이사 오자마자 제일 먼저 했던 일은 단골이 될 빵집이랑 킷사텐을 찾은 것이다. 한번 마음에 들면 그것만 계속 찾는 성향인데 질리도록 다녀야지~

가-끔 근처 바닷가에 가서 낚시를 하기도 한다. 계절마다 다른 종의 물고기가 낚이는 게 작은 재미✧

지난 여름에 낚은 독가시가 돋아있는 물고기. 이름은 모름..

이제 주방도 커지고 요리라고 부를 수 있는 요리를 할 줄 알게 되었다.

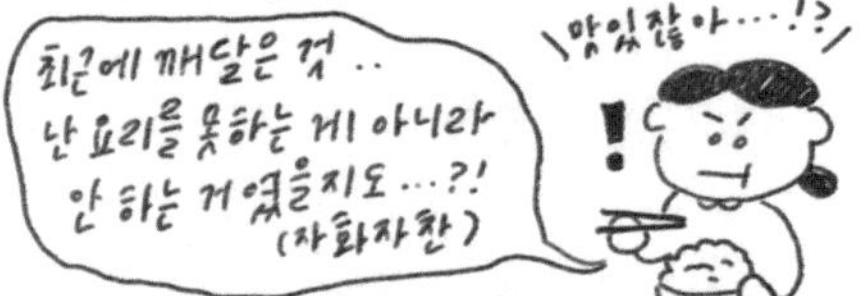

스스로 만든 요리에 본인이 감탄하는 요즘... 누가 보면 경력자인줄 알겠네

조금만 있으면 문구점에 새로운 다이어리가 출시된다. 내년까지 한참이나 남았지만 다음해에는 어떤 다이어리에 뭘 적을지 생각하면서 남은 올해를 보내는 것도 나쁘지 않은 것 같다. 다음주에는 문구점에 다이어리 구경이나 하러 가볼까~♫

내일도 잘 부탁해, 도쿄!

도쿄 새내기의 우당탕탕 사계절 그림일기

1판1쇄 펴냄 2022년 10월 26일
1판4쇄 펴냄 2024년 11월 8일

글 · 그림 장서영

펴낸이 김경태 | **편집** 조현주 홍경화 강가연
디자인 박정영 김재현 | **마케팅** 유진선 강주영
펴낸곳 (주)출판사 클
출판등록 2012년 1월 5일 제311-2012-02호
주소 03385 서울시 은평구 연서로26길 25-6
전화 070-4176-4680 | 팩스 02-354-4680 | 이메일 bookkl@bookkl.com

ISBN 979-11-92512-07-5 03810

감사합니다-!!